聖女不在による仮初め婚なのに、不器用な王太子に溺愛されています

華
昌

Contents

聖女不在による
仮初め婚なのに、
不器用な王太子に
溺愛されています
景華
Illust：福田深

ゼル
ロザリアの護衛騎士／
スチュリアス公爵家長男
ロザリア
セントグリア王国の王太子妃／
元クレンヒルド公爵令嬢

レイモンド
セントグリア王国の王太子／
現国王の唯一の後継者
アリサ
異世界から転移してきた聖女／
元の世界では女子高生

「生涯、お前だけを愛すると誓う。
だから……ロザリア。俺と――」

1 プロローグ―虚しい結婚式と迎えなかった初夜―

「なんで……何で……何で結婚しちゃったのよぉーっ‼」

だだっ広く薄暗い部屋に、私の声が木霊する。

私、ロザリア・クレンヒルドは今日、ここセントグリア王国の王太子であり、幼馴染でもあるレイモンド・フォン・セントグリアと結婚式を挙げた。

荘厳《そうごん》な歴史ある大教会で。

レースをふんだんに使い煌《きら》びやかな宝石がちりばめられた美しいドレスを纏《まと》い。

代々王太子妃が受け継いできたという小ぶりのティアラを頭上に飾り。

結婚式であるにもかかわらず眉間に皺を寄せ難しそうな表情を浮かべた自分の旦那となる男へ、一方的な永遠の愛を誓った。

誓いのキスをするとなった時、彼は言った。

「王太子妃は恥ずかしがり屋なんだ。ここでは勘弁してやってくれ」と。

まるで私を気遣うような言葉に、祭司も、そして国王陛下、王妃様も「可愛らしい夫婦の誕生だ」と微笑ましく頷いたものだけれど……騙されてはいけない。

この男はただ私とキスしたくないだけなんだから。

その後も結婚式はつつがなく執り行われた。

そして今、初夜を迎えるために侍女達にピカピカに身体を磨き上げられ、薄い夜着に着替えた私は、王太子夫妻の寝室のベッドの上、両手で自分の腕を抱えながら一人、彼の訪れを待っている。

「まさかこのまま結婚してしまうだなんて……」

私は、自分がレイモンドと結婚する運命にないことを知っていた。

私には幼い頃から前世の記憶がある。

日本という小さな島国で、普通の家庭に生まれ、普通に育ち、就職し、ある日突然事故で死んだ――ような気がする。

もうあまり覚えていないけれど、一つだけはっきりと覚えている。

――前世の私が好きだった本。

その本に出てくるヒーローこそが、今日夫となったレイモンドだ。

そして、ヒロインは私――ロザリアではなく、後に聖女として異世界から転移してくる少女アリサ。

もともと聖女伝説を崇拝《すうはい》し、聖女に憧れを抱いていたレイモンドは、突然現れた聖女アリサを保護し、共に過ごすうちに、彼女へと心を移してしまう。

ロザリアはそんなレイモンドの婚約者で、性格はキツく傲慢な典型的悪役令嬢。レイモンドと仲良くなっていくアリサを見て、アリサにかなり辛く当たる役どころだ。

そんな悪役令嬢ロザリアは、最後は身に覚えのない罪によって断罪され、婚約を破棄された挙句国を追放されてしまうのだ。

これ、ヒロイン側から見たら素敵な王子様に見初められたうえ、傲慢《ごうまん》な悪役令嬢も追放されてハッピーなんだけど、ロザリア側からしたらとんでもない話よね。

まぁ、あの本のロザリアにはちょっと、いや、かなりやりすぎな部分はあったけれど……。

紅茶の味が薄いからと侍女に体罰を与えたり、レイモンドがよその令嬢の落としたハンカチを拾ってあげたりしただけでも、その令嬢を敵視し裏でこそこそと陰湿ないじめを行っていた。

もちろん私はそんなことはしていない。

そんなことをしても自分の立場が悪くなるだけだということはわかっているもの。みすみす破滅への道を進もうとは思わない。

初めは私がそんなロザリアだなんて、そして婚約者があのレイモンドだなんて信じられなかった。だけど実際、レイモンドは幼い頃からよく聖女の話を私に聞かせた。

きっと聖女は透き通るように白い肌をしている。

きっと聖女は小鳥のさえずりのように愛らしい声をしている。

きっと聖女は――。

物語の結末を知ってはいても、何の因果かレイモンドのことを好きになってしまっていた私には、ただただそれが苦痛で仕方がなかった。

『そんなに聖女がいいのでしたら、聖女と婚約したらいかが?』

一度、どうしても我慢ができなくて、そんなことを言ってしまったことがあった。

すると彼はあろうことかこう言ったのだ。

『あぁ……。もし聖女がいたならな』と。

その瞬間、砕けてしまったレイモンドへの恋心。

それ以来、顔を合わせる度に喧嘩腰で話をしてしまう。周囲の人間は皆、喧嘩するほど仲がいいのだと微笑ましそうに言っているけれど、そんな簡単な問題ではなかった。

私達は私が五歳、レイモンドが七歳の時に婚約したけれど、それは私達が好き合っていたからとか、そういうドラマチックな理由からではない。

ただ家柄と年齢がたまたま釣り合っただけのことだ。

だから……これでいい。

このまま不仲でいられたならば、いつまでも彼に縋《すが》ることなく円満に婚約破棄に至ることができるだろうと、そう思っていたのに。

――とうとう結婚式のその日まで、聖女が現れることはなかった。


かちゃり、と小さく無機質な音がして扉が開き、上質そうな黒のガウンを羽織ったレイモンドが入ってきた。

薄暗い部屋でも彼のサラサラの金髪が揺れるのが見える。

「待たせた。ロザリア」

「べ、べべ、別に、あなたを待ってなんかいないわ。自意識過剰なんじゃないの？」

レイモンドの姿があまりに美しくて、そして妙に恥ずかしくなって、思わずそんなことを言ってしまう。

「……はぁ……。……安心しろ。たとえ初夜だろうと俺がお前を抱くことはないし、これから先も抱くつもりはない。結婚は形式だけだ」

ふいっと私から顔を背けぶっきらぼうにレイモンドが言った言葉に、私の心が大きく軋む。

初夜なのに何もしない？

形式……だけ？

私がどんな思いでここで待っていたのか、この人はわかっているのかしら。

――あぁ、所詮は仮初め婚……。私はお飾りの妻、ということね。

きっと今後聖女が現れた時に、その聖女を娶《めと》り、お世継ぎを作るつもりなのね。私はそれまでの繋ぎ、か。

「そうね。あなたは聖女を待ってるんだものね」

レイモンドの顔を見ることなくそう言うと、レイモンドは大きな声を上げた。

「はぁ!? 何でそうなるんだよ」

「もういいわ。寝ましょ」

レイモンドの言葉を一蹴《いっしゅう》して、私は大きなベッドの右端に転がった。

ずっと考えてるのも疲れるもの。そっちがその気ならばこれ以上話しているのも無駄。早く寝てしまったほうがいいわ。

「おいロザリア」

私を追うようにしてベッドへ侵入したレイモンドは、あろうことかずいずいと肩が触れそうなほどに近づいてくる。

はぁっ!?

何で寄ってくるの!?

さっき初夜しないって宣言したばかりでしょこの男‼

「ちょ、ちょっと、近寄らないで‼」

そう言って思わず振り返る私に、

「いや、いいから人の話を聞けって」

レイモンドが真剣な表情で、寝転がったまま私の手を掴む。

「初夜も、今後も、お前を抱くことはない。だが、結婚したからにはお前が俺の妻だ。お前を敬い、お前を思い、支え守ることを誓おう。だから、その……俺を夫として見なくてもいい。だがパートナーとして、俺を信じ、共にこの国を良くしていってほしい」

嘘偽りのないようなレイモンドの真剣な瞳を見て、鼓動が大きくなり、私は再び視線を逸らす。

何なのよ、この男……。

思いが捨てきれていない私にその言い方は……ずるいわ。

「……わかってるわ。そんなこと――」

小さく喉が詰まりそうな声で返した私に、彼は「はぁ……」とため息だけついて、少し身体を離してから私とは反対の方向を向く。

そして私達は、そのまま互いに眠りについた。

――これが、私達夫婦の始まりだ。

2 仮面夫婦の朝

カーテンの隙間から淡い光が差し込んで、瞼《まぶた》に落ちる。

「ん……」

私は目を覚ますと、ゆっくりと起き上がった。

あぁ、そうか。

ここは夫婦の寝室。

私、レイモンドと結婚してしまったのよね。

それで……えっと……。

私は重い頭を押さえながら、昨夜の記憶を手繰り寄せる。

『初夜も、今後も、お前を抱くことはない。だが、結婚したからにはお前が俺の妻だ。お前を敬い、お前を思い、支え守ることを誓おう。だから、その……俺を夫として見なくてもいい。だがパートナーとして、俺を信じ、共にこの国を良くしていってほしい』

真剣なレイモンドの声が脳裏に蘇る。

そうよ。仮初め婚とはいえ、結婚してしまったからには、私はパートナー。

今日から夫（仮）であるレイモンドのことをしっかり支えていかないと。

私が気合を入れ直していると、モゾり、と隣で何かが動いて――。

ギユッ――。

「っ⁉」

いきなり腰のあたりに伸びてきた腕に抱きつかれた。

硬い筋肉質な腕が私の腰に回る。

レイモンド⁉

え、ちょ、何これ⁉　寝ぼけてる⁉

ガウンがはだけ胸元を曝《さら》け出した状態で、私の腰に抱きついている私の好きな人であり夫（仮）であるレイモンド。

何なのこの色気は……⁉

こんなレイモンド、私、知らない。

「ちょっ、ちょっとレイモンド‼　起きて‼　起きなさい‼」

このままではいけないと肩を掴んで揺らすけれど、一向に起きる気配がない。

しかもこの男の身体、細いくせに普段から剣術などで鍛えているため、意外と逞しくてびくともしない。チラリと覗く胸元の筋肉に、今まで気づかなかった男性としてのレイモンドをいやでも意識させられる。

「くぅっ……‼　レイモンド、起きて」

あまり大声を出しては人が来てしまうので、声のボリュームを落とす。

「ん～……ロザリア……。もっと」

「……」

何が⁉　何がもっとなの⁉

「レイモンドってば‼」

「ん？　ん～ふふふ。仕方ないなぁ、もっとしてやるよ」

だからもっとって何⁉

一体あなたは何をしてくれようとしているの⁉

不気味に笑いながら寝言を放つレイモンドに若干引きつつ、私は意を決して彼の鼻と口を塞ぐという強硬手段に出ることにした。

「……」

「……」

塞ぐこと数秒。

「っ……っはぁぁぁぁぁっ‼」

勢いよく息を吐きながら起き上がったレイモンド。

「やっと起きたわね」

「お、おま、殺す気か⁉」

ゼェゼェと肩で息をしながら、必死に息を整えようとするレイモンドに、私は涼しげな顔で「寝ぼけて人に抱きつくあなたが悪いのよ」と言ってやった。

するとレイモンドの顔が一瞬にして、これ以上ないほど赤く染まった。

「お、お前に⁉　お、おお、俺が⁉　抱き……抱きついた⁉」

何動揺してるのこの人。抱きついたくらいで。

レイモンドはとても人気がある。

誰にでも分け隔てなく接する気さくなその性格。

サラサラの金髪にサファイア色の瞳。

頭もいいし剣術も強い、文武両道タイプ。

それはもう（黙っていれば）完璧な王太子様だ。

私以外には気さくで優しいから、彼を好きになる令嬢も多かったのよね。

にもかかわらずこの反応。

うぶなの？

「あ……あのさ。……俺、他にお前に何か言ったり……やったりとかは……」

気まずそうに未だ顔を赤くしながらレイモンドが尋ねる。

「仕方ないな、もっとしてやるよ、って言ってたわね。あなた私に何をしようとしてたの？」

先ほどレイモンドが言っていた寝言を教えてやると、レイモンドの顔の赤みが耳まで広がった。

「んなぁっ⁉　ち、違っ‼　淑女がそんな……そんなこと知る必要はない‼」

明らかに動揺した様子のレイモンド。

いや知る必要はないって……、あなたが言ったんでしょうに。

「まぁいいわ。そろそろ起きて、朝食に行かないと」

言いながら私がベッドから出ようとすると「うあぁ‼　ちょ、ちょっと待った‼」とレイモンドの焦ったような声に引き止められた。

「そ、その格好で出るな‼」

「へ？　その格好って……」

私は徐《おもむろ》に自分の姿を見下ろす。

……ぁ……。

私が今着ているのは、初夜用の薄い下着のような夜着のみ。

「～～っ‼」

慌てた私は勢いよく布団を被り、レイモンドから身体を隠した。

み、見られた？

いや昨夜も見てはいただろうけど、暗かったし……。

あぁもう何なの本当‼

羞恥に布団の中で震えていると、すぐそばでレイモンドの声が聞こえた。

「あー……、朝食は部屋に運ばせるから、今日はここで食べろ」

「え？　でも――」

はっ、もしかして、お飾り妻は食卓に出るなってこと？

昨日はパートナーだとか妻として尊重するとか言っておきながら……何てやつなの‼

私が自己流解釈をした後、布団の中で怒り狂っていると、もう一度彼の声が降ってきた。

「初夜の翌日に王太子妃が朝っぱらから元気一杯ピンピンしてたら怪しまれるだろ……言わせんなバカ」

あ……、そういう……。私ったらつい被害妄想を……。

私がバツの悪そうな顔だけを布団から出すと、レイモンドはすでに着替え終わっていた。

「じゃ、今日はいい子でいろよ、奥さん？」

そう言ってニヤリと笑うとレイモンドは寝室から出ていった。

「〜〜〜〜〜〜っ‼」

レイモンドのくせにカッコ良すぎて解せぬ……‼

【SIDE レイモンド】

俺の名前はレイモンド・フォン・セントグリア。

王太子である俺には最愛の妻がいる。それはもう超絶綺麗で可愛い最高の妻だ。

――ロザリア・クレンヒルド。

俺達は幼馴染で、俺が七歳、彼女が五歳の時に婚約した。

いつしか顔を合わせれば喧嘩ばかりの間柄になってしまったが、俺は出会った時からずっと、ロザリアが好きだ。ロザリアしか見てないしロザリアしかいらない。

……あぁ、〝いつしか〟というのは違うな。あの時からだ。

『そんなに聖女がいいのでしたら、聖女と婚約したらいかが？』

何かの会話の途中でそう言われて、どれだけお前を好きかわかってんのか、と苛立ちを覚えた俺は、つい素っ気なくあんなことを言ってしまったんだ。

『あぁ……。もし聖女がいたならな』――と。

それからロザリアは、俺の前でだけ柔らかい表情をなくした。俺にだけトゲのある言葉を使うようになり、俺も売り言葉に買い言葉ですぐに喧嘩になってしまう。

俺は後悔した。それはもう激しく。

だが、後悔すればするほど、愛しいロザリアを前にすると素直になれない――何故なんだ⁉

もはや呪われてるとしか思えん……。

そうやって誤解を解くきっかけもないまま、時間だけが過ぎ、婚約から十三年経った昨日、俺達は結婚式を挙げた。

美しく着飾った最愛のロザリアがそこにいるのに、思い描いていたような式にはできなかった。誓いの口付などぶっ飛ばした、本当に形式だけのような式。

俺はこんな形だけの式を挙げたかったわけじゃない。ロザリアの本当の笑顔が見たかったのに。

初夜も、本当はものすごく、それはもうものすごく楽しみにしていた。

だって相手はあのロザリアだぞ⁉　俺が恋焦がれて止まなかった、初恋の相手だ。そりゃ楽しみにならない方がおかしいだろ⁉

でも、ベッドの上で自分の腕を抱きしめながら物憂《ものう》げに座っていたか細いロザリアの姿を見て、初夜も今後も手を出さないと宣言してしまった。

何であんなことを言ってしまったんだ俺の馬鹿野郎‼　と、これまた後悔した。

そんなことがあったからか、夢の中でロザリアにあんな……あんな……うらやまし――いかがわしいことを……‼

思い出しただけで顔から火が出るんじゃないかというほどに熱くなる。

それもこれもあんな宣言をしてしまったせいだ。

いつもそうだ。

俺はロザリアが相手だと勝手にこうだと決め込み、後先考えず心にもないことを言ってしまう。

そして後悔を重ねてしまう。

でも、これからはずっと同じベッドで寝るんだよな。

俺は朝の出来事を思い出す。

初夜用の薄い夜着を身に纏い、俺が指摘すると恥ずかしそうに布団を被った可愛い妻。

……俺の妻が可愛すぎてツラい。

あれは本当にヤバかった。危うく夢の続きをしてしまうところだった。

が……、そんなことをしたら、ロザリアは二度と口を聞いてくれなくなるだろう。

よく耐えたな、俺。

婚約してからずっと、己の理性と戦い、耐え続けた十三年間。

その結果がこれだ。

俺はロザリア以外の女性はいらない。どんなに女性に声をかけられても、あいつじゃないとだめなんだ。

いつかわかり合える日が来ることを願いながら、俺は今日も執務に励む。

今夜もまた、ロザリアと同じベッドで眠り理性が試されるのだろうが、俺は耐え切ってみせる。

だから、時々今朝の超絶可愛いロザリアを思い出してニヤニヤするぐらいは許してもらおう。

3　妻の未来予想図と夫の未来予想図

今日は結婚して初めて二人揃って行う公務の日。

私達は王都にある孤児院へ慰問に向かっていた。

「いいか。仲良さそうに振る舞うんだぞ？」

「わかってるわよ」

「う、腕とか組むんだぞ？」

「だからわかってるってば」

「夫婦だからな‼」

「わかってるって言ってるでしょ‼」

思わず馬車の中で大声を上げてしまうほど念入りに、しつこいほど念入りに打ち合わせをしていると、間もなく長い歴史のある王都孤児院へ到着した。

レイモンドのエスコートで馬車を降りると、たくさんの子ども達が目をキラキラさせて私達を待っていた。

か……可愛い……‼

下は〇歳、上は十八歳までの男女入りまじった子ども達がずらりと並んで見守る中、私達は院長に挨拶をする。

「院長、出迎え感謝する」

「王太子殿下、王太子妃殿下、この度はご結婚おめでとうございます。早速足をお運びいただき、感謝申し上げます」

髪を束ねてお団子にした、歳は五十ほどの女性院長が私達にそう言って一礼した。

「妻のロザリアだ。これから視察に来ることもあるだろう。よろしく頼む」

妻をやけに強調した紹介に、私も妻として穏やかな笑みを院長へ向ける。

忘れずに仲良し夫婦アピールしろよって念を押してるつもりなのかしら。意外としつこいわねこの男。

「初めまして、妻のロザリアです。私、子どもが大好きなの。だからここへ来ることができてとても嬉しいわ。これからよろしくお願いしますね、院長。そして皆さんも」

私はあらためて、出迎えてくれた子ども達をぐるりと見渡す。

訳もわからないままに院のシスターに抱っこされている乳幼児達。

お伽話の中の登場人物ではない、本物の王子様とお姫様を前に、興味津々な様子の子ども達。

特にレイモンドは、今日は騎士服を着ていてとても凛々しくカッコいい。

王太子は代々騎士団に所属することが決まっていて、レイモンドも例に漏れず騎士団の所属だ。

剣術も馬術も優れていて、世の貴族女性達だけでなく、騎士達の憧れの的でもある。

もちろん国民の人気も高く、孤児院の子ども達の中にもいずれはレイモンドのような強い騎士になりたいと言っている子も多いらしく、男の子達は目をキラキラさせながらレイモンドを見ている。

可愛いわ……。本当に可愛い……。

普段腹の探り合いばかりの貴族社会にいるからか、そんなことを気にせずにありのままで接することができる子ども達の存在がどれだけ私にとって癒しになるか……‼

あぁ、早く交流したい。

そうだわ‼　しっかりと子ども達と交流をしておいて、レイモンドに離縁されて王室を追放された際にはここでお世話になればいいのよ‼

そうね、そうと決まったら、今のうちにしっかりとパイプを作るわよ‼

それから私達は、院長に施設の案内をしてもらうことになった。

建物に入って廊下を進み、最初に案内された食堂は、皆でそろって食事ができるよう大きな長いテーブルが用意されている。城で私達が食事をするテーブルもこのくらい大きいけれど、実際食事を共にするのは私とレイモンドだけで食事中もマナーがあるから静かなものだ。

ここでは年長の子ども達とシスターが、当番制で食事を作るのだと院長が説明してくれた。

「たくさんの子ども達に囲まれて賑やかに食事をするのはきっと楽しいでしょうね」

自然と笑顔になりながらそう言うと、院長は「はい、それはもう。皆で楽しく食べることが、最大のご馳走だと思っております」と嬉しそうに答えた。

「……」

「な、何？」

何で私をじっと見ているのこの男。

私と院長の会話を無言でしかも真顔で聞きながら私をじっと見ているレイモンドに声をかける

も、レイモンドは「い、いや。たくさんの子どもに囲まれるって、いいよな」と、わかっているようなわかっていないような、よくわからない発言で取り繕った。

何なんだ一体。

中庭では幼い子ども達が芝生の上を駆け回り、それぞれ遊びに興じていた。

すると突然、三歳ほどの女の子がやってきて、じっと私を見上げてから笑顔で声をかけてきた。

「おひめさま、いっしょにあそぼう?」

「こ、これ、おやめなさい」

その可愛らしいお誘いに、院長や護衛達が慌てて女の子に駆け寄ろうとするのを、私は右手を軽く上げて制止する。

そして女の子の目線までしゃがみ込んで「いいわよ。何して遊ぶ?」と笑顔を向けた。

当然ながら辺りは騒然。

あのレイモンドですら目を丸くして、自分の隣でしゃがみ込む私を見下ろしている。

そうね、孤児院の子どもと遊ぼうとする貴族や王族なんていないものね。

でも、この子は未来の私の家族になるかもしれない。今のうちに親しくしておきたいのよ私は。

だから邪魔しないで。

「ん~と、このえほんをよんでほしいの」

そう言って差し出された絵本を、私は目を大きく見開いて凝視した。

「これ……『王子様の宝物』……」

小さい頃毎日読んでいた大好きな物語だ。

幼馴染のお姫様を大切に見守り続ける王子様のお話。

王子様はお姫様を守るものだという乙女の夢が詰まっている。

私もこんな風に大切にされたい。愛されたい。――そう思いながらいつも読んでたっけ。

「いいわよ。じゃあそこの木影に行きましょう」

私は女の子の手を取ると、中庭の隅っこの木の下に座った。

ぞろぞろとついてくるレイモンドと護衛達。

「皆を待たせちゃうから、一回だけね」

そう言って女の子を膝の上に乗せると、私は懐かしさを感じながらその絵本を開いた。

絵本を読んで聞かせている間、レイモンドは何故かずっと私から視線を逸らすことはなかった。

……監視？

まさか、ここを追放後の居場所にしようとしているの、勘づかれた？

大丈夫よレイモンド。あなたの聖女が見つかるまでは、私はお飾り王太子妃として仕事をしっかりこなすから。だから安心して。と心の中で言いながら彼に向かってぐっと親指を立てるも、今度は変な顔で固まってしまった。何なんだ一体。

絵本を読み終えると、次は私、次は僕、と子ども達が寄ってきた。

「ふふ、ごめんなさいね、私達は院長先生と大事なお話があるの。次はゆっくりここに来るから、その時にね」と約束をして、レイモンドと共に子ども達のいる中庭を後にしようとすると、

「王太子様ぁー、王太子妃様ぁー。見て見てー。すごいでしょー」

無邪気に跳ねるような声が中庭に響いて、私が視線を前方の大木へと移すと、そこには木の上

に登り、枝にぶら下がった状態の五歳ほどの男の子の姿があるではないか。

「危ないわ‼　降りなさい‼」

「大丈夫だよ‼　僕、王太子様みたいな強くてかっこいい男になるんだから‼」

すぐにシスターが諫めるも、男の子は聞く耳を持たない。

「チッ……俺みたいになりたいのはわかったが、とりあえず危ないから降りろ‼」

レイモンドが声を上げると、さすがに男の子も降りざるを得ないことがわかったのか、渋々といった様子で「うぅ、わかったよぉ」と言って木の幹に足を絡めようとした――その時。

「うわぁぁぁぁぁぁぁっ‼」

ビュンッと吹いた突風に身体を攫われた男の子は、手を滑らせ真っ逆さまに落下してしまった。

「危ないっ‼」

「ロザリア⁉」

ただ、勝手に身体が動いていた。

私はドレスの裾をぐっと持ち上げ、芝生を蹴って目の前の大木へと駆ける。

それでもあと少しで手が届くというところでヒールが土へとめり込んで体勢を崩して身体が地面へと倒れ――「っ、と……‼　何やってんだ馬鹿‼」

耳元で響くレイモンドの声。

そして腹部に回された硬い感触。

私がゆっくりと目を開けると、私の腹部に手を回し抱き抱えるレイモンドの姿。

そして視線をレイモンドの見ているものの方へと向けると、光のオーラに包まれて宙に浮いた状態の男の子の姿が。

〝光魔法〟

聖女と、その末裔である王族にだけ使える特別な魔法だ。

この世界には時々魔力を持って生まれる者はいるけれど、遠い昔に存在したような魔力だけで魔法を使える者は今はいない。

魔力を持っていても、その力を魔法陣に込めなければ使えないみたいだけれど、それにも色々と制約があるし、禁術とされるものだってある。

それらの制約や魔法陣に縛られることなく魔法を使える存在が、聖女の末裔でもある王族なのだ。といっても、王族ですら使える魔法は光魔法の『祝福』と『オーラ』のみなのだけれど。

「レイモンド……」

「大丈夫か？」

レイモンドの美しいサファイア色の瞳が私のアメジスト色の瞳を見つめる。

とくん……と鼓動が大きく跳ねて、私の顔に熱が込み上げ、どうにかなってしまいそうだった。

それでも私はすぐにしっかりと大地に足を着き直し「あ、ありがとう」と一言礼を言ってレイモンドから身体を離した。

レイモンドが……カッコ良すぎる……‼

少し捻ってしまったのか、足首がズキンと痛むけれど、それよりも先ほどのレイモンドの破壊力に脳内をやられた私にはそれほど痛く感じない。

私の安全を確認した後、レイモンドは光に包まれてゆっくりと降りてきた男の子に向き直ると、その小さな頭にぽん、と手を置いた。

「強くて格好いい男になりたいのはわかったが、無茶をして誰かを心配させるのは格好いいとは違うからな。いろんなことを経験して、真面目に学んで、ゆっくり成長していけ」

「ごめんなさい……」

レイモンドの言葉に、目に涙を浮かべながら頷く男の子を「念のため医務室で診てもらいましょう」とシスターが肩を抱いて連れていった。

「……」

「……」

残された二人の間にしばしの沈黙が降りる。すると……

「ちょっと触れるぞ」

「へ？　きゃぁっ⁉」

言うや否や、レイモンドは私の身体を軽々と抱き上げてしまった。

ほんの少し視線を上げれば、すぐそこにレイモンドの恐ろしく整ったキラキラ王子様フェイス。

心臓が……心臓が止まってしまうわ……‼

「れ、レイモンド⁉　ちょ、降ろして‼　私、一人で歩けるからっ」

「だめだ。足首、捻ったろ？　ヒールで無茶するから」

「っ……‼」

何でこの人そんなことわかるの……⁉

長年の王妃教育によって、私はポーカーフェイスをマスターしている。

そうそう私の表情を読み取れる人間なんていないのに、レイモンドはいつもこういう時、真っ先に気づいてしまうのだ。

優しくないはずなのに。

私になんて興味はないはずなのに。

私はただの、お飾りの王太子妃のはずなのに。

時々こんなふうにカッコ良くなってしまうのは本当、困るわ。

「俺は、お前を誰かに任せるつもりはない」

「え？」

「王子は、姫を守るためにある――だろう？」

「っ……‼」

ずるい。

そんなこと言われたら、大人しくしているしかないじゃない。

レイモンド、あなたは覚えているのかしら？

幼い頃も、私にそう言ってくれたことを。

「まだ、公務を続けられそうか？」

レイモンドが心配そうに尋ねてくる。

足首を捻ったくらいで、大切な公務を中断するわけにはいかない。だって、レイモンドと共にこの国を良くしていくって約束したから……。

「ええ、大丈夫よ」

私がそう答えると、レイモンドはほっとした様子で頷いた。

「じゃぁ、行くぞ。院長、案内頼む」

「かしこまりました」

目尻に皺を寄せ微笑ましげに私達を見つめる院長に居た堪れなくなりながら、私はレイモンドに横抱きにされたまま、孤児院の視察を続けるため、院長室へ向かった。


部屋に入ると、そっと、まるで壊れ物を扱うかのようにソファへ下ろされた。

護衛の騎士は廊下にいるので、院長が資料を持ってくる間、部屋の中には私とレイモンドの二人だけになり、気まずい雰囲気が漂う。

ソワソワと視線を漂わせながら落ち着かない様子のレイモンドに、私はため息を一つついて「何か？」と尋ねた。

「あ……えっと……足、平気か？」

言いたいことがあるならはっきり言えばいいのに。いつもみたいに余計な一言付きで。

「え？　えぇ」

「そうか。……その、帰ったらすぐに医者にみせろよ？」

「えぇ。そのつもりよ」

「……」

短い会話がぎこちなく途切れ、また妙な間が空く。

「……」

院長早く戻ってきてぇぇぇぇ‼

「……お前、子ども、好きなのか？」

歯切れの悪い唐突な問いかけ。一体何が言いたいのか。

「えぇ、好きよ」

短く答えたその言葉に、レイモンドがグッと息を呑む。

「す……好きなのか……じゃ、じゃぁ、欲しいとか……思ったりするのか？」

「そりゃ欲しいと思ったことだってあるわよ。可愛いもの」

まぁ、そのうち孤児院に来たら叶うけどね。子ども達に囲まれた夢のような生活。

私の答えを聞いてレイモンドは何故かパァッと明るい表情を見せる。

彼のお尻にフリフリと揺れる尻尾が見えるような気がするのは気のせいだろうか。

「そうか……‼　欲しいのか……そうか……」

何この人怖い。

レイモンドは院長が戻ってくるまでの間、しばらく自分の世界に浸って呟いていた。


「お待たせいたしました。こちら、資料になります」

院長が帰ってきて、我に返ったレイモンドと共に彼女が持ってきた大量の孤児院経営についての資料に目を通す。

これを見る限りは特段困っているようなこともなさそうね。

予算も十分に足りているようだし人手不足ということもなさそうだわ。

しかし、しばらくの間サファイア色の美しい瞳を資料に落とし、真剣に読み込んでいたレイモンドは、

「うん、食事や衛生面も特に問題なさそうだな。だが、子ども達の人数に対して職員の数が少なくはないか？　職員は十分に休息は取れているだろうか？」

と、資料を机の上へと返すと、院長の意見を聞こうと身を乗り出した。

「はい。大きな子達が小さな子達の面倒を見てくれるので、生活面では問題ありません。職員の休息も交代で取れていますし、今の状態であれば大丈夫でしょう」

「そうか。もし今後厳しくなるようであれば、また言ってくれ。すぐに対処しよう。何か他に気になることはないか？」

仕事をしている時のレイモンドは本当にカッコいい。

いつもの大雑把で適当で若干ヘタレなレイモンドと違って、真剣な表情。

思わずぽーっと見つめてしまいそうになるのを、婚約者として仕事を手伝っていた時からずっと自制していた。

こういうところ、本当にずるいわ。

ギャップ萌えってこういうことを言うのよね、きっと。

くっ……レイモンドのくせに。

私が心の中でレイモンド相手に悪態をついていると、院長が少し考えた末に「一つだけ……」と話し出した。

「勉学を教えることに限界を感じております」

「「べんがく？」」

私とレイモンドの声が不本意ながら被って、思わず二人顔を見合わせてから、すぐに慌ててどちらからともなく顔を背ける。

「べ、勉学は確か、シスター達が教えているのだったな？」

「はい。ですがそのシスター達も、元は貧しい平民の出であったり、この孤児院出身であった者達。教えられることも限られているのです。普通に働き口を見つけてここを出ていくならば、それでもいいかもしれません。ですが、やりたいことを見つけても知識が乏しければ、その道に進むための学校へ入ることもできません。それが、あの子達の未来の可能性を閉ざしてしまっているようで……」

ぽつぽつと語られた院長の話に、私は思わず眉を顰《ひそ》めた。

孤児院は十八歳までに出ていかなければならない。

進路は就職したり学校に行ったり結婚したりと自由だけれど、専門学を学ぶための学校へ入るには入学試験に合格しなければならないが、学が備わっていなければまずその時点で躓《つまず》いてしまう。

勉強をするにも、教える人間に学がないと、教えるに教えられない……か。

「ふむ……それはよろしくないな……。わかった。こちらで考えてみよう」

「ありがとうございます」

ひとしきり話したところで小さなノックの音がして、院長が許可をすると、一人の騎士が部屋に入ってきて「そろそろお時間です」と告げた。

黒曜石の如《ごと》き黒髪に、シュッとした切れ長の赤い瞳をした美丈夫。

――ゼル・スチュリアス。

以前はレイモンドの専属護衛騎士であった彼は、今は私の専属だ。

クールで知的で、レイモンドの三つ年上、私の五つ上である彼は、スチュリアス公爵家の長男であるにもかかわらず騎士の道へと進み、幼馴染であるレイモンドの護衛になった変わり者であり実力者でもある。

そんな彼が、私達の結婚後、私の専属護衛騎士になってくれるなんて、考えてもみなかった。

だって、たくさんの努力をして王太子の専属護衛騎士の座を掴み取ったのに……。

まぁ、上から命令されれば異動も仕方ないことではあるのだけれど、申し訳ない。

「あぁ、わかった。じゃあ院長。色々まとまり次第、また連絡する」

「ありがとうございます、殿下」

机の上に置いていた資料を持ってレイモンドが立ち上がる。

私もレイモンドに続いて立ち上がると、スッと手が目の前に差し出された。

私の、仮初めの夫の、大きな手――。

こういうさりげないエスコートが、また私の心を揺さぶってくるのよね。

……レイモンドのくせに。

エスコートされるがまま孤児院を出て馬車へと乗り込もうとしたその時。

「おひめさまぁー‼」と元気な声が響いた。

さっき絵本を読んであげた女の子が見送りに来てくれたようだ。

あの子だけではない。

レイモンドが助けた男の子や、他にもたくさんの子ども達が、私達を見送りに出てきてくれたようだ。

私はにっこりと微笑んで「また来るわねー‼」と、はしたない行動であるとわかっていても、声を上げて大きく手を振った。

私の未来の家族になるであろうあの子達の将来のためにも、私もしっかりと自分にできることをしなければ――‼


城に戻ると、レイモンドは嫌がる私を無理矢理お姫様抱っこしたまま医務室に直行し、焦ったような顔で医務室を訪れたレイモンドに医者は、「大したことはないから大丈夫ですよ」と苦笑いしていた。

ほら、だから大丈夫だって言ったのに。こんなに大袈裟にして恥ずかしい……‼

それでも念のためにと、炎症止めの薬草で湿布をしてもらってから、私とレイモンドは彼の執務室へと向かった。

もちろん、お姫様抱っこで。

「とりあえず、小さな子ども達の基礎的な教育はこれまで通りシスターにしてもらい、上の年齢の者達の教育は、貴族相手に家庭教師をしているような誰か学のある者に任せようと思う」

執務室に戻ったレイモンドが、早速もう一度孤児院の資料に目を通しながら言った。

貴族の家庭教師……となると、人選はお茶会でいろんな令嬢と話をする機会のある私が適任ね。王太子妃としてお茶会を開けば家庭教師情報を聞き出せるだろうし。何より自分がいつかお世話になるかもしれない孤児院だもの。未来の私の家族のために、私だって役に立ちたい。

そう考えた私は、意を決して口を開いた。

「レイモンド、その先生の選定、私にさせて欲しいの」

まさか私からそんな言葉が出るとは思わなかったであろうレイモンドは、目を丸くして私に視線を向けた。

「へ？　い、いや、これは仕事で――」

「わかっているわ。でも、王太子の仕事の一端を担《にな》うのも王太子妃の務めでしょう？　だから私がやるって言ってるの。情報集めならば、お茶会が一番でしょうし」

戸惑った様子のレイモンドに、私は淡々と続ける。

「それにレイモンド、あなたあの日私に言ったわよね？　『パートナーとして、俺を信じ、共にこの国を良くしていってほしい』って。私だってそのつもりよ。あなたを助け、この国をより良いものにしていきたいと思ってるわ。それに、国民に寄り添うのも、未来の人材を育てるのも、王族の務め。王太子妃だってその中に含まれるでしょう？」

私がつらつらと並べた言葉に「んぐっ……」と声を詰まらせたたまま何も反論できないレイモンド。やがて深いため息をついてから、彼は重い口を開いた。

「……わかった。教師の選定はお前に任せる。だがくれぐれも焦って無茶はするなよ。お前は一応……ほれ、あれだ、俺の……その……妻、なんだからな？」

少しだけ頬を赤くしてから気遣うように言ったレイモンドは、すぐにその赤みを帯びた顔を隠すように書類を顔の前へと持ち上げ、再び目を通し始めた。

一応は余計よ、一応は。

まぁいいわ。その一応の妻は、いつか来る離縁の日に備えておくから。

私はレイモンドの執務室を出ると、ドアの前に控えていたゼルと一緒に自分の執務室へと戻った。


そして翌々日、急遽開いた王太子妃主催のお茶会では、あの家庭教師はスパルタすぎるだの、最近無能な家庭教師をクビにしただの、どの人がいいかではなくただの家庭教師の愚痴がどんどん出てきた。

「全く、これだから貴族は。気に入らなければすぐにクビにしてしまうんだから」

息の詰まりそうなお茶会を終えて、少しゆっくり本でも読もうと城の図書室へ足を運び、昼間のお茶会でのことを思い出しながら一人悪態をつく。

そして先ほど本棚から持ってきたばかりの古びた分厚い本を閲覧用の机の上に開いた。

この国の歴史の本だ。

前世でも今世でも、私は本を読むのが好きだ。どんなジャンルのものでも、気づきがあり、学びがあり、そして気分転換にもなる。

だけど、私がそうやって当たり前に本に触れることができるのは、学があるからでもある。

字を学び、物事に関連する様々な出来事を学んでいるからこそ理解できる内容は少なくはない。前世でも今世でも当たり前のことだったそれができる私は、どちらの世でも恵まれていたのだろうと思う。

私がそんなことを考えながら本を開いて物思いに耽《ふけ》っていると――。

「おや、この文明の話ならば、こちらの本の方がもっと詳しくわかりやすく載っていますよ」

穏やかなのんびりとした声がしんとした図書室に響いて、ふと見上げればライトブラウンの長髪を一つにまとめた、メガネの男性が私を見下ろしていた。

「え？　あ、あぁ、ありがとう」

すごい。少し見ただけで何の本かわかるだけではなく、類似の良書まですぐにわかるのね。

私が礼を言って立ち上がると同時に、男性の目が大きく見開かれる。

「っ‼　お、王太子妃殿下とはつゆ知らず……‼　身を弁《わきま》えずお声をかけてしまい、申し訳ありません‼」

勢いよく頭を下げるメガネの君《きみ》。

「いいえ、大丈夫よ。それよりあなた――随分と本に詳しいのね？　お名前は？」

「ぁ、はい。ロサン伯爵家で先日まで家庭教師をしていた、ラウル・クレンスと申します」

クレンス……。確か、子爵家にそんな名があったわね。

もしかしてそこの？

「クレンス子爵家の方かしら？」

私が尋ねると、クレンス様は嬉しそうに表情を緩めてにこりと笑った。

「はい。クレンス子爵家の三男です」

三男……。なるほど、だから家庭教師を……。

貴族でも特に下位貴族の嫡男以外の男性は、どこかの家に婿養子に入ったり、自分で職を探して就職したりする者も多い。

「でも何故先日まで？　何か理由があってお辞めになったのかしら？」

私が問いかけると、クレンス様は眉を緩く下げてから「話がつまらないから、と、突然解雇されてしまいました」と答えた。

「まぁ……!!」

つまらないからって解雇するなんて、横暴なことするわね。そんなに話がつまらないのかしら？　でもそもそも勉強に話が面白いとか面白くないとか関係ないのに。

だけどさっきまでのお茶会での話を思い出せば、貴族女性にはそういったタイプの人が多いのかもしれない。

「本日は、家庭教師をしていた令嬢のお父君であるロサン伯爵が、突然の解雇のお詫びにと、この入室権利を一日くださったので伺った次第で……」

貴重な書物がたくさん所蔵されている城の図書室は伯爵位以上の限られた人間にしか使用許可が出されていない。それも確か、回数が決まったチケット制だ。その一回分を彼に譲って、解雇の件を詫びようとしたのだろう。お詫びのために面倒な手続きをしてまでチケットを譲ったということは、やはり解雇の原因は令嬢のわがままだということだろうか。

でもそんな理由で納得して辞めさせられてしまうだなんて……。

気の毒に思ってクレンス様を見上げると、彼は意外にも生き生きした目で本棚を眺めている。

「あなた、本が好きなのね」

嬉しそうなクレンス様に、私は言葉をかける。

「学びは、喜びですから」

そう返したクレンス様に、私の中の運命の鐘が大きく鳴ったような気がした。

――この人だ――‼

「クレンス様、よろしければ……これから少し時間をいただけませんこと？」

「はい？」

早まってはいけない。でもこの出会いをみすみす逃す手はないわ。

とりあえず、孤児院の教師候補として話がしたい。じっくりしっかりと見極めて、それから私が思う理想の教師であるならば、何としても口説き落とさなくては……。

私の、離縁後の家族のために……‼

「あぁ、もちろん異性と二人きりというのはあまり褒められたことではないから、私の護衛騎士であるゼルも同席してもらいます。少し、あなたの知識を貸していただきたいの。ダメかしら？」

チラリと私の背後に控えるゼルに視線をやってから私が尋ねると、クレンス様は両手を顔の前でぶんぶんと振ってから、

「い、いいえ‼　私などの拙い知識でよろしければ、喜んで‼」

とメガネの奥の瞳をキラキラとさせて答えてくれた。

「ありがとう。そうと決まれば、私の執務室へ行きましょう」

「は、はい‼」

私はクレンス様を連れて、王太子妃に与えられた執務室へと向かった。


「――なるほど……ならばこれからはやはり、国民一人ひとりの学力向上が大切になってくる――か。確かに、今は高齢者が多く、中間層が少ない。加えて子どもは減っている。次代を担う数少ない人材が様々な分野で活躍できるよう、教育のベースを作ることが大切ね。出生率を上げるには、学びや仕事の幅を広めることも重要になるものね」

クレンス様と王太子妃用の執務室でお茶を飲みながら話していると、時間が経つのはあっという間だった。

この方は過去を学び、その上で未来を見据えている。加えて国民の学力向上を重視しているという、私やレイモンドの意見とも一致する。そして何より、彼の穏やかな空気感と説明のわかりやすさ。きっとこれなら子ども達にも威圧感を覚えることなく学んでもらえるはず。

……うん、――――ほしい。

「クレンス様」

私は彼をまっすぐに見つめて、逸《はや》る気持ちを抑えながらゆっくりと口を開いた。

「私に、あなたの力をお貸しいただけないかしら？」

「わ、私の力、ですか？　……えっと……それはどういう……？」

私の突然の言葉に、クレンス様が片手でメガネをクイッと上げて、戸惑ったように首を傾げた。

「実は今、王都孤児院の子ども達の先生を探しているの」

「孤児院の子ども達の……？」

「ええ。今孤児院では、基礎知識より上の知識を満足に教えられる人がいないの。でもそれでは、子ども達の未来を閉ざすことになってしまう……。だから、貴族へ勉強を教えられるくらい学のある先生を探していて……。今話をさせてもらって、私は是非あなたにお願いしたいって思ったの。あなたの能力、考え方、人柄、全て私が求める理想通りだわ。ぜひあなたのその知識を、子ども達に授けてほしいの」

私は膝の上で両手をぎゅっと握り両腕をピンと突っ張り、緊張しながら今の状況、自分の考えを話した上で、彼に頭を下げた。

「お、王太子妃殿下‼」

王太子妃が子爵の三男に頭を下げるなんて、普通はありえない。

でもここには、私と彼、そしてゼルしかいない。私の誠意を伝えるためにも、私は目の前でオロオロしている彼に、頭を下げ続けた。

「あ、あの、頭を上げてください‼」

慌てたようにクレンス様が言って、私はゆっくりと顔を上げる。

「王太子妃殿下、お気持ちはよくわかりました。私も王太子妃殿下とお話をさせていただいて、同じ考えをお持ちだと、そう感じておりました。妃殿下、私でよろしければ、ぜひその孤児院の子ども達の未来を切り開くお手伝いをさせてください」

クレンス様はそう言うと、メガネの奥の瞳を三日月形に細め私に微笑みかけてくれた。

「‼　本当……⁉　ありがとう‼」

やった……‼

まさかこんなに早く、こんなに素敵な先生が決まるなんて、思ってもみなかった。

三男とはいえ生粋の貴族が孤児院の子ども達に勉強を教える。

貴族はプライドの高い人も多いから、断られることも覚悟していたけれど、クレンス様に出会えて良かった……‼

リンゴーン――リンゴーン――。

城の庭にある時計塔の鐘の音が鳴り響く。

「あぁ、もうこんな時間……。じゃぁ、レイモンドに報告後、今後のことを決めてから子爵家へ正式に依頼をさせていただくわね」

「はい。お待ちしております」

穏やかに微笑んで「失礼いたします」と一礼すると、クレンス様は私の執務室から去って行った。

「あぁ、こんなに早くに決まるなんて‼　今日は何て素晴らしい日なのかしら‼　さて、早速レイモンドに報告して、今後のことを色々と決めていかないと‼　ゼル、レイモンドの執務室に行くわよ」

「その必要はなさそうです」

私がゼルを連れてレイモンドの執務室に行こうとすると、彼はその鋭い瞳を扉の方へ向けてそう言った。

「――へ？」

私もその視線を辿って扉の方を見ると、ゆっくりと扉が開き、そこからムスッと眉間に皺を寄せたレイモンドが顔を出した――。

「レイモンド？」

何でそんな凶悪な顔してるの？

とっても不機嫌そうだけれど、何か嫌なことでもあったのかしら？

私が彼の名を呼ぶと、「さっきのは？」と低く静かにレイモンドが口を開いた。

「さっきの？　あぁ、クレンス様のこと？　クレンス子爵の三男ラウル・クレンス様よ。さっき図書室で偶然出会ったのよ」

「……俺に内緒で男と二人で……密会でもしていたのか？」

ん？　……みっ……かい……？

はぁぁぁぁぁぁぁあ!?　何がどうしてそうなるのよこの男!!

美しい顔を不機嫌そうに歪めて、元から私のことなんて信用していないかのような発言をするレイモンドにカチンときた私は、彼を思い切り睨みつける。

「ゼルも一緒だったわ。それに、私はそんな不義をするような人間じゃない。子爵の面接をしていたのよ」

「面接？」

眉を顰めてレイモンドが尋ねる。

「そうよ。今そのことをあなたに報告に行こうとしていたの。クレンス様、ロサン伯爵のところで御令嬢の家庭教師をしていたのに、『つまらない』って突然辞めさせせられたらしいのよ」

「ロサン伯爵の？　あぁ……あそこの令嬢はかなり気が強くわがままだというからな……。今まで何度も家庭教師が代わっていると聞いたことがある」

まさかの常習犯……‼

せっかく学ぶ機会に恵まれていても学ぶ気がないなんて、贅沢だわ。

学びたくてもそれが難しい人達だっているのに……。

「孤児院で教える先生としてどうかと思って、ここで面接を兼ねてお話ししていたの。レイモンド、彼、適任だと思うわ。学問に対する思いも、子ども達の未来を思う気持ちも人柄も、もちろん学も申し分ない。私、あの人に決めたわ‼」

興奮気味にレイモンドへ至近距離まで詰め寄ると、レイモンドは何故か顔を真っ赤にして、慌てたように声を上げた。

「ちょ、ま、待て‼　落ち着け‼　とりあえず近い‼」

声を裏返しながら私の両肩を摑んで押し戻すレイモンド。

むっ……。私がそばにいることすら嫌だっていうのかしら。

まぁそうよね。レイモンドが大好きな聖女様とは、私はかけ離れすぎているし。

でもだからってそこまで拒否することないのに。毎日同じベッドで寝ておいて今更な気がするわ。

「コホンッ。あー……、ロザリア？　じゃぁ、お前とクレンス子爵家の三男がここにいたのは、密会などではない……と？」

「当たり前でしょ？　最初から違うって言ってるじゃないの。わざわざ自分やあなたの立場を悪くするような考えなしではないわ。だから二人きりではなく、ゼルに同席してもらったっていうのに」

しつこいわねこの男。

繋ぎの王太子妃だとしても、その時が来るまでは私がレイモンドの妻なんだから、精一杯妻役を努めるに決まってるじゃない。そんなに私が信用ならないのかしら？

――いけないいけない。

ここで喧嘩になって脱線させては、話が進まないわ。

憤《いきどお》る気持ちを抑えながら私はレイモンドに「で、どう思う？」と意見を伺う。

「あ、あぁ。……そうか……そうだな……、うん。お前がそこまで言うなら、その通りの人物なんだろう。お前、人を見る目はあるもんな」

「レイモンド……」

私の目を信頼してくれているようなその言葉に、思わず胸に温かいものが灯る。

「あぁ、ゼルもその場にいたんだよな？　お前はどう思う？」

話を振られて、私の後ろに控えていたゼルが無表情のまま口を開く。

「……僭越ながら、私から見ても、このお役目に申し分ない方かと。何より、殿下が先ほどおっしゃったように、王太子妃殿下の人を見る目に狂いはない、そう思っております」

ゼル……!!

普段あまり自分の思っていることを口に出さないゼルの言葉に感動しながら、私はもう一度レイモンドを見る。

「レイモンド、お願い」

私がしっかりと彼を見上げて懇願すると、レイモンドは再び顔を赤く染め「うぐっ」と小さく声を詰まらせてから、ため息を一つこぼす。

「……わかったよ。許可する。孤児院と子爵家には俺から使いを送ろう。その後クレンスの三男と院長を呼んで顔合わせをし、待遇や孤児院への初出勤日、勤務内容、諸々《もろもろ》の詳細を決める」

レイモンドの言葉に私は心の中で飛び上がりながら「ありがとう、レイモンド‼」と彼に笑顔を向けた。

レイモンドがはっと息を呑む。

「べ、別に‼　仕事だし、孤児院の子ども達のためだからな‼　お前に言われなくとも……」

ふいっと顔を背けて言うレイモンドに、「それでもお礼ぐらい言わせて」と微笑む。

「むぐっ……」

変な声がまた聞こえてきたけれど、気にしない。

これで子ども達の未来も安泰。私の離縁後の家（予定）も安泰だわ‼

少しずつ整えていかなくちゃ。

私の、離縁後の環境を――‼


クレンス子爵家に話を取り付け、孤児院でクレンス様が先生をし始めて二週間。

私とレイモンドは二人揃って孤児院の視察に訪れた。

今日は普段通りの授業風景が見たいから皆には内緒で、ということで、出迎えは院長一人。

目尻に皺を寄せて笑顔で出迎えてくれた院長について、早速私達は教室へ向かった。

「クレンス先生は穏やかで博識で、貴族の方だというのに偉ぶることなく子ども達に接してくれて……。あの子達もよく懐いているんですよ」

広い廊下を歩きながら嬉しそうに報告してくれる院長に、私もレイモンドがエスコートしてくれる腕にそっと自分の手を重ねながら、にっこりと微笑む。

「それは良かったわ」

「ふむ。俺の妻の目に狂いはなかったな。さすが俺の妻」

だから何で妻を強調するのよ、この男は。

「あぁ、ここです」

一番奥の教室の前で立ち止まり、私達は廊下に面した後ろの窓からこっそりと様子を窺う。

ボードの前で図を使いながら、十歳以上の子ども達数名の前で熱心に説明をするクレンス様の姿と、目を輝かせて活き活きと発言する子ども達の姿がそこにあった。

皆とっても楽しそう。

やっぱりクレンス様にお願いして正解だった。

「ほぉ……、なかなか様になってるじゃないか」

「当然よ。私が選んだ先生ですもの」

「ふっ……そうだな。さすが俺の妻だ」

だから妻を何故強調するのよ。

仲良しアピールが過ぎて逆に胡散臭いわ‼

それに、世間体があるからとはいえ、お飾りの妻をそんなに過剰に妻アピールするのはやめてほしい。

いつか離縁を言い渡された時、離れ難くなるから……。

「あ、終わったみたいですね」

院長が言うと、ぞろぞろと教室の出入り口から子ども達が出てきた。

「あー‼　王太子様と王太子妃様だ‼」

教室から出てすぐに私達に気づいた子ども達が周りを取り囲む。

「ラウル先生の授業はどうだ？　わかりやすいか？」

「はい、すごくわかりやすいです‼」

「ラウル先生、わからないところはわかるまで丁寧に教えてくれるし、とっても優しいんですよ‼」

「それにいろんなことを知ってるから、聞いたことは何でも答えてくれるんです‼」

レイモンドの問いかけに、子ども達は目をキラキラとさせて、クレンス様がいかに素晴らしい先生であるかを口々に語り始めた。

どうやらクレンス様は、すっかり子ども達の心を掴んでしまったようだ。

私達が子ども達に話を聞いていると、開け放たれたままの教室の扉から、メガネの長身の男性がひょっこりと姿を現す。

彼はすぐに私の姿を認めると「王太子妃殿下‼」と笑顔で駆け寄ってきた。その姿はまるで大型犬のよう。

「王太子殿下、王太子妃殿下、お久しぶりでございます」

「ラウル、よくやってくれているようだな」

レイモンドが言葉をかけると、「皆、熱心な良い子達ばかりで、私も教え甲斐があります」と周りの子ども達を見やった。

「王太子様、王太子妃様、失礼します。ラウル先生、また明日ねー‼」

「はい、また明日。あぁ、廊下を走らないようにね」

「はぁーい」

そんな子ども達との気軽なやりとりが、彼らとの関係の良さを表している。

「子ども達とももう打ち解けたみたいね。皆活き活きしているわ」

「これも王太子妃殿下のおかげです。本当にありがとうございました」

「私こそありがとう。クレンス──いえ、ラウル先生。これからも子ども達のこと、よろしくお願いするわね」

私が言うと、クレンス様──ラウル様は頬を染めてから「はい、私が持てる力の全てを使って」と力強く答えてくれた。

本当に素敵な先生に出会えて良かった。

人柄もとてもいい方だし、レイモンドに離縁されてここにお世話になった際には、私も子ども達と一緒に先生に学ばせてもらおうかしら？

そんなことを考えていると、突然レイモンドが私の肩をぎゅっと力強く抱いて「では無事視察も終わったし、俺達はこれで失礼する」と言い出した。

え⁉

これから子ども達と遊ぼうと思っていたのに⁉

「はい、またゆっくりと遊びにいらしてくださいね」

「え、えぇ……。慌ただしくてごめんなさいね」

私はにっこりと笑って動揺を取り繕うと、レイモンドにエスコートされるがままに孤児院を後にし、馬車に乗り込んだ。


馬車の中で私がぷくっと頬を膨らませて窓の外を見ていると、それまで私の様子を黙って見守っていたレイモンドが声をかけてきた。

「ろ、ロザリア？　何か、怒っている……のか？」

何か、じゃないわ‼　あなたのせいよ‼

「今日は他に公務もなかったのに、あんなすぐに帰るなんて……‼」

「お前、まだあそこにいたかったのか？」

私が苦言を呈すると、むすっとした表情で言葉を返してくるレイモンド。

何その不服そうな顔。不服なのは私の方よ。

「せっかく今日はたっぷり子ども達と遊べると思ったのに……」

憤慨《ふんがい》しながら私が呟くと、不機嫌だったレイモンドは今度は驚いたように「へ？」と間抜けな声を発した。

「次に視察に行く時は子ども達と触れ合いたいから、邪魔しないでちょうだい」

ツンっとそっぽを向いて言ってやる。可愛げがないと自分でも思うけれど、長年のレイモンドへの拗らせた想いがそうさせてしまう。

「わ、わかった」

たじろぎながらレイモンドが返して、微妙な空気のまま二人馬車に揺られ続ける。

しばらくお互いに無言で窓の外を見つめていると、突然レイモンドがためらいがちに口を開いて静寂を破った。

「な、なぁ……もしもお前が子どもを産むとしたら、何人ぐらい欲しいんだ？」

――――はい？

いや、初夜で何もしない宣言しておいて何その問いかけ。

子どもは空から鳥さんが運んでくるとでも思っているのかしら？

呆れながらも私は少しだけ間を置いてから「もしも産むとしたならば、二人は欲しいわ」と小さく答えた。

何かあった時に相談できて頼れる人物がいるというのは、心強いと思うから。

私には兄が二人いるけれど、兄達の存在にはいつも助けられていた。

王妃教育で大変な時には甘いお菓子を買ってきてくれたり、レイモンドのことで悩んだり泣いたりしていた時には親身になって話を聞いてくれたり。

お兄様達がいてくれて、本当に助かったもの。

「でも――……」

私は再び視線を窓の外へと移す。

あぁ、もうすぐ城だ。

「来るはずのない未来を考えることほど、虚しいものはないわ――……」

私の呟きは聞こえていたのか、それとも聞こえていなかったのか。

「それから城に着くまでの間、馬車の車輪の音だけが無機質に響いていた。

【SIDE レイモンド】


ロザリアと結婚して初めての二人揃っての公務は、とても有意義なものになった。

今のところ孤児院運営についての大きな問題はなかったものの、子ども達の将来を考えると、やはり高度な知識を身につけることのできる機会というものは必要だろう。

教師の人選についてはロザリアが請け負ってくれた。

それにしても、ロザリアのあんな姿を見ることができるなんて思わなかったな。

俺の頭の中に浮かぶのは、子ども達に柔らかな笑顔を向け、本を読んでやる彼女の姿。

ロザリアは小さい頃は多少大人びた言動をする、一見するとクールに見える子どもでありながら、実はよくかけっこやかくれんぼをしたりして無邪気に笑う、どちらかというとお転婆な女の子だった。

子ども達に接する時の彼女の表情は無理がなく、子どもと同じ視線で接している姿は、まるで昔のロザリアのようで思わず見入ってしまった。

強い正義感のある彼女は、木から落ちた子どもを助けようとして足を捻ってしまったが、医師によれば大したことはないとのことで、俺はほっと胸を撫で下ろした。

貴族でも孤児院に寄付をする令嬢は一定数存在するが、自ら赴いて子ども達に関わり、同じ目線に立って触れ合う者はいない。まして、子どもを助けようと自ら動き、怪我をしても一人で歩けると平静を装う女性など、彼女以外にはいないだろう。

誰に対しても優しく、公平で、情に厚い。

ロザリアの人気は、城の侍女やメイド達の間でも高い。

彼女は結婚前は王妃教育のために公爵家から城に通いながら侍女やメイド、城で働く他の者達とも触れ合い、顔と名前、それに話した内容すら覚え、何か困ったことはないかといつも気を配っていた。

密かに『チームロザリア』なんていう彼女のファンクラブがあることに気づいていないのは、鈍い彼女だけなのだろうと思う。正直俺も入りたい。


そしてロザリアが早速、孤児院の教師を見つけてきた。

ゼルもいたとはいえ、他の男と二人でロザリアの執務室で会話をしていたのはどうにも解《げ》せんが、彼女のおかげで山積みだった仕事の一つがすぐに片付いた。

俺の仕事はものすごく多い。

病で片目が見えなくなってしまった父上の仕事を、少しずつ俺が引き継ぎ始めたからだ。

忙しいのは仕方ないと覚悟を決めて一つずつ挑んではいるが、やはり疲れもする。

そんな時、結婚して良かったと心底感じている。

何てったって、夜に寝室に行けば超絶可愛い俺の妻であるロザリアが迎えてくれ、触れることはできなくとも同じベッドで眠ることができるんだぞ⁉

まぁ、毎日が理性との戦いではあるが、それでもロザリアと一緒にいられることは俺の癒しであり喜びでもある。

今日は孤児院で、教師として働き始めたラウルの様子を見に行ったんだが……。

ラウルのやつ。俺より先にロザリアの姿に気づいて飛んできやがった。

あいつ、まさかロザリアのことを……？

——ラウル・クレンス、二十五歳。

数ある縁談も、自分には学問が一番だからと断り続けてきた変わり者。

ロザリアとは話が合うようだし、俺は気が気でない。

何てったって俺の妻は超絶可愛いからな‼

ったく……俺のライバルはゼルだけで十分だってのに……。

——ゼル・スチュリアス、二十三歳。

少しばかり年上だが、俺やロザリアとは昔からよく一緒に遊んだ幼馴染だ。

無表情で無口だが、子どもの頃からずっと俺やロザリアには優しく面倒見がいい。公爵家嫡男でありながら、俺が七歳、奴が十歳の時、突然騎士の道を目指し始め、メキメキと頭角を現して俺の専属護衛騎士にまで昇り詰めた。

にもかかわらず、俺達が結婚するにあたってロザリアの専属護衛騎士を決める際、「自分が護衛騎士を務めたい」と珍しく自分の意見を述べ、ロザリアの専属護衛騎士になってしまった。

……何だこの長年のパートナーに捨てられたような気分は。

多分あいつも、ロザリアが好きだ。あいつが騎士を目指し始めたのは、ロザリアと俺の婚約が決まったあたりだったし……。

でもあいつは絶対にロザリアに手を出すことはない。根が真面目すぎるからな。

ロザリアが危険に陥る前に、身を挺して守るだろうほどに忠実だ。

だから俺は、その思いを見て見ぬふりをする。

ロザリアは俺の妻だ。

絶対に誰にも渡さない。

孤児院からの帰りの馬車の中で少し言い合いになってしまったが、子どもが好きらしいロザリアは、子どもは二人は欲しいのだという貴重な情報を得た。

二人、か。まぁ、後もう一人ぐらいいてもいいかもな。

いや、いくらいてもいい‼

きっと超絶可愛いロザリアに似て、超絶可愛い子ども達に違いない‼

俺が脳内花畑状態で未来の想像（妄想）をしていた間、ロザリアがボソリと何か言った気がしたが、俺は聞き返すことなくその未来予想図を脳内で広げ続けるのだった。

4 新婚旅行

「――新婚旅行？」

　ベッドのヘッドボードにもたれかかりながら本を読んでいた私は、レイモンドから繰り出された話をオウム返しする。毎晩寝るまでの間、一日の出来事や仕事のこと、他愛のない話をしてから眠るという習慣がいつの間にか出来上がっていた私達。

　今日も今日とて、ヘッドボードの大きなクッションにもたれて本をめくる私に、レイモンドはサイドテーブルのレモン水を飲みながら、私に背を向けて話をしていた。

　そんな彼から出た、絶対に彼の口から出ることがないと思っていた【新婚旅行】という言葉に、私は驚き、思わず読んでいた本をパタンと閉じた。

「あぁ。ゼルの実家――スチュリアス公爵家の領地にな」

「ゼルの？」

　スチュリアス公爵領には、小さな頃はよく行っていた。

　同じ公爵家同士で交流の多かった私とゼルは幼い頃は一緒に過ごす時間が多かったし、同じく私達の幼馴染であるレイモンドが、やたらと私をスチュリアス公爵領へと連れていったから。

「今度あそこに、総合治療院を建設することにしてたろ？　その視察も兼ねてになるが、王太子夫妻の新婚旅行はどうなっているのか、と、国民からも声が上がっていたようだからな。せっかくだから、視察を兼ねて新婚旅行でも、って思ったんだ」

あぁ、ついでか。なるほど。

スチュリアス公爵領は普通の一般のカップルにも大人気の新婚旅行先だ。

緑豊かで空気が美味しい。

それに何より——。

「それに何と言ってもあそこは昔、聖女様が現れた神聖な場所だからな。縁起も良さそうだ」

「……」

そう。ゼルの実家スチュリアス公爵領は、その昔、聖女が現れたと言われる神聖な場所だ。

初めて聖女が異世界から現れ、当時争いが絶えず混沌《こんとん》としていたこの世界に祝福の祈りを贈り、平和な世へと導いた。

そしてその聖女は、そのままこの国の王子と恋に落ち、結婚し、国に安寧をもたらしたと伝えられている。

レイモンドはその子孫だ。

彼が聖女に憧れるのは、偉大な先祖の英雄譚《えいゆうたん》を聞いて育ったからこそでもあるんだろうと思う。

「小さい頃、お前とよく行ったろ？」

「ええ、そうね」

聖地巡礼の如くあなたに聖女伝説にまつわる場所へ連れまわされ、嫌と言うほど聖女話を聞かされたわね。

あまり思い出したくないわ。

せっかくの好きな人との逢瀬で、恋敵でもある聖女の話を嫌という聞かされるくらいなら、ゼルと一緒に公爵家の庭でかくれんぼして遊んでいた方がよほど心穏やかに楽しく過ごせたわよ。

そんな言葉が喉まで出かかったのを無理矢理に押し留めると、レイモンドは不意に私の方を見てから、照れ臭そうに続けた。

「お前と、また二人で行きたかったんだ。ずっと……」

私と、二人で……？

レイモンドが、私と二人で行きたい、って……そんな風に思ってくれてたの？

どくんと鼓動が大きく跳ねて、荒んで凍りついていた心が少しだけ温かくなる。

そうね、場所はどうであれ、二人で行きたかったって思ってくれてる。

あのレイモンドが、他でもない私と。

その気持ちがとても嬉しい。

「レイモンド……嬉しいわ。ありがとう」

私が心に溢れた気持ちを素直に言葉にすると、レイモンドは一瞬にしてその端正な顔を真っ赤に染めた。

そして――。

「ま、まぁ、優しくて穏やかで清楚な聖女様のご利益があれば、お前のその強い性格も直って、ちょっとは可愛らしく大人しい可憐な女になるだろうからな‼　はは、はは……」

なんて言いやがった。……失礼。おっしゃりやがった。

「……そう。そうね」

私は低く呟くと、私側のサイドテーブルに本を置きナイトランプの灯りを消してベッドに沈んだ。

「お、おい⁉　暗い‼　おいロザリア⁉　おーい‼」

何か叫んでいるけれど、私の知ったことじゃない。

レイモンドの馬鹿‼

「ねぇゼル。私、新婚旅行、行きたくない」

朝の王太子妃執務室。机に顔を突っ伏すという王太子妃らしからぬ体勢で私が唸《うな》る。

今朝はレイモンドより先に起きて着替え、逃げるようにして部屋を出てきた私。

朝食も執務室でさっき一人でいただいたし、只今レイモンドを絶賛避けまくり中だ。

今顔を合わせたら私、きっとまた喧嘩腰になってしまいそうだから。

「……場所、ですか？」

私が言っていることをすぐに理解したようで、ゼルが呟く。

さすが、小さい頃から一緒にいる幼馴染。察しがいい。

同じ幼馴染なのに何でこうもレイモンドの方は私の気持ちに疎《うと》いのか……。

「よりにもよって聖女伝説の地なんて……」

「ですが、国民の関心が王太子夫妻の新婚旅行先や、お世継ぎに向いているというのは事実です。国民の声に耳を傾けるということは、大切なことかと」

そう。国民の声に耳を傾けるのは大切。

それは至極真っ当な意見よ。

でもね……。

「白い結婚の私に、そんなお世継ぎなんてできるはずないのに……」

不貞腐れたようにぽつりと呟いた言葉に、ゼルがこれでもかというほどに目を見開いて「は？」と愕然《がくぜん》とした表情を浮かべて小さく声を漏らした。

「あ」

言ってしまった。でもいいわ、ゼルだもの。

彼以上に口が堅くて誠実な人はいないし。

「……実はね……？」

私はゼルに、初夜での出来事を話した。

私とは初夜も、それ以降も何もする気はないと言われたこと。

だけど王太子妃として、パートナーとして、共に国を良くしていくと話をしていること。

そしてその上で、昨夜のレイモンドとの会話も全て話した。

話していくにつれて、ただでさえむっすりと眉間に皺を寄せていたゼルの眉間にさらに深く皺が刻まれていった。

何だろう。ものすごい殺気を感じるわ。

「あのクソヘタレ……」

ぼそりと低く呟いたゼル。

今クソヘタレって言った⁉

き、気のせいよね？

あのいつも穏やかで優しいゼルがそんなこと言うはずないわよね⁉

「コホンッ‼　……まぁでも、レイモンドの言うこともわかるのよね。私、可愛げがないもの」

王太子妃然とした態度を取るようにと五歳の頃から教育を受けてきた私は、人に甘えることができない、人に媚を売ったりするのだって苦手、ものすごく女性として可愛げのない人間になってしまったもの。

「ゼル、私ね、聖女が現れるまでの繋ぎでも、精一杯胸を張って彼の隣にいたいとは思うの」

私が机に顔を預けたままそう言うと、彼は持っていた書類を机の上に置いてから首を傾げる。

「聖女が？　ですがそんなものは……」

「起こり得るのよ。……ゼル、私ね、前世の記憶があるの」

「前世の——記憶？」

驚いたような声で答えるゼルに、私は身体を起き上がらせてこくりと頷く。

「えぇ。前世で私は、この世界のことを物語で読んだの。レイモンドはその物語のヒーローで、ヒロインは……この世界に突然召喚される聖女。私——ロザリアは、そんな二人を邪魔する悪役令嬢。もともと聖女を崇拝していたレイモンドは、私と婚約中、突然この世界に召喚された聖女と過ごすうちに彼女に心を移し、わがままで傲慢で、レイモンドにしつこく付き纏って疎まれていたロザリアは、身に覚えのない罪を理由に婚約を破棄され、追放されるはずだった……」

そう、はずだった。

それならすぐに気持ちを切り替えることは無理でも、こういう物語だったのだから追放されても仕方がない、とまだ諦めがついたのに。

「はずだった、とは？」

「何故か聖女が現れないまま、流されるがままに結婚してしまったの。……まぁ、その結果があの形だけの結婚式と初夜なんだけど……」

結婚させて期待を持たせるなんて、何て意地悪な神様なのかしら。

「でしたら、今後も聖女は現れないままなのでは？　その話のあなたと私の知るあなたではかなりの違いもあるようですし。あなたはこのまま気兼ねなく、王太子殿下と――レイモンドと共にあればいい。幸せになれば――」

「現れるわ」

ゼルの言葉を遮って、私は確信したように声を落とす。

「いつかその日が来てしまう。私は……それまでの繋ぎでしかないのよ――」

諦め悟ったようなその声が、執務室に静かに響いた。


ついにこの日が来てしまった。

あれからレイモンドも特にその件に触れることもなく、私達は新婚旅行の日を迎えてしまった。

馬車の中から窓の外の景色を見ると、そこには緑豊かな大草原が一面に広がっていた。

大草原の中の一本道を馬車に揺られて進んでいく。

寒い季節には雪が緑を覆い尽くし、真っ白な道と化し、今よりも少し涼しい新緑の季節には、小さな黄色い花々が一面に咲き誇る。

どの季節に来てもその季節ごとに違う顔を見せてくれるこの一本道を通るのも、もう何度目になるのかしら。

どうせなら、一人でここを通りたかったわ。

馬車、別々にしてもらえば良かった……。

だって――。

「見てみろロザリア‼　この大草原は――」

「聖女様が倒れていたところを発見された場所、でしょ？」

――こいつがうるさいからだ。

数々の聖女伝説がある地へ聖女を崇拝しているレイモンドと来るほど苦痛なことはない。

だって聖女のうんちくを延々と聞かされるのよ？　興奮気味に。

好きな人が自分ではない好きな人のことを延々と語る姿を見続けるとか何の拷問よ。

最初の行き先は、ゼルの実家であるスチュリアス公爵家。

数日間お世話になるのだからまずはご挨拶と、そして持ってきた荷物を降ろさせてもらわなければならない。

その後は建設中の新しい総合治療院の視察をして、一日目は終了。

まぁ、ほぼ仕事みたいなものね。

問題は明日以降よ。

律儀に作ったらしいレイモンドお手製の新婚旅行のしおりによれば――。

【二日目のスケジュール】
1．ラス湖の畔《ほとり》でピクニック
2．教会で祈りを捧げる
3．街で買い物をする（【アクセルの仕立て屋】付近）
4．タルタの丘で夕日を見る

——はい、まず最初のラス湖。

ここは聖女が水浴びをした際に水が全て聖水に変わり、聖女が亡くなるまでの間、聖水の湖であり続けたという伝説がある場所ね。

幼い頃、レイモンドに「ロザリア‼　お前も入ってみろ‼　もしかしたら聖水に変わるかもしれないぞ‼」と言われて、一緒に水浴びに付き合わされたのよね。

そして入ったら入ったで心底残念そうに「やっぱり聖水にはならんか。まぁ仕方ないか……。お前じゃぁな……」と言われたのは、私の【聖女関連遺恨《いこん》日記】にしっかりと記録されている。

次。教会で祈り。

祈り……、うん、大事よ。

でもここ、この国で唯一聖女像が飾られていて、そこで祈ることになるのよ？

何で恋敵に祈らなきゃいけないのかしら？

次。三つ目は街で買い物。

うん、いいわね。お土産って大事よね。

旅の思い出にもなるし。

でも騙されない。

しおりに書いてあった目的地は【アクセルの仕立て屋】ではなく、その付近にある聖女グッズ専門店だ。

その昔この地に降り立った聖女の似顔絵やら、聖女が愛用していたアクセサリーの模造品やらが売られている。

まぁ、観光客向けのショップよね。

ここでの出来事も私の日記にはしっかりと記録してあるわ。

あの時レイモンドは私に小さな貝のネックレスをプレゼントしてくれた。それが初めてレイモンドからもらったアクセサリーで、私はとても嬉しかった。

だから素直に「ありがとう」って気持ちを伝えたのに、レイモンドはふいっと顔を背けたのよ。

そして奴は言った。

「お、お前がつけても、やっぱり聖女様みたいな清楚さと愛らしさは演出できないな‼」

打ちのめされた私はそっとネックレスを鍵付きの引き出しの奥深くにしまったわ。

それ以来一度も手に取っていない。

そして明日の最後の予定。

タルタの丘で夕日を見る、だ。

タルタの丘は、一年中真っ白い花が咲き乱れる、ロマンチックな丘だ。新婚の二人や恋人達にはとても人気のスポットで、よくお茶会でも令嬢達の話題に出てくる。

だがしかし‼

ここは聖女に王子がプロポーズした場所でもある、レイモンドのご先祖様に由来する最大の聖地でもあり、レイモンドのイチオシの場所よ。

多分ここでも聖女に想いを馳せるんでしょうよ。

――とまぁ、こんな感じだけど………何なのこのしおり。

最初から最後まで全部聖女祭りじゃないの‼

もはや地獄だわ……。

「ロザリア、着いたぞ。スチュリアス公爵家だ」

レイモンドの声で我に返った私は、窓の外を見る。

久しぶりの公爵家。

門を通り抜け、ゆるくカーブしたアプローチを抜けると、間もなく屋敷が見えてきた。

屋敷の前ではたくさんの使用人と共に穏やかな笑顔の公爵、公爵夫人が出迎えてくれた。

エントランス前に馬車を停車させて、レイモンドのエスコートで降り立つ。

「スチュリアス公爵、夫人、出迎えありがとう」

金髪に青い瞳のレイモンドが軽く微笑むと、迎えに出ていた使用人達の間から思わずため息が漏れるのが聞こえた。

さすが顔だけ王子。すぐに人を虜にしてしまうだなんて。

「王太子殿下、王太子妃殿下、ようこそ、我がスチュリアス領へ。歓迎いたしますぞ。ゼル、ご苦労だったな」

「おじさま、おばさま。お久しぶり。お元気そうで良かった。三日間、お世話になりますね」

　私もレイモンドに続いて二人に挨拶し、ゼルは無言で自分の両親へ一礼をした。

「ロザリア様も、お元気そうで何よりです。これからいかがなさいますか？　部屋にてお休みになられますか？」

「あぁ、せっかくだがこれから例の総合治療院の視察に行く予定だ。夕食までには帰る。荷物だけ頼めるか？」

「私どもは構いませんが、新婚旅行だというのに視察とは、仕事熱心でいらっしゃる。レイモンド様のような王太子殿下がいらっしゃれば、我が国の未来は安泰ですな。荷物をお部屋に運んでおきます。お気をつけて、いってらっしゃいませ」

　そう言って公爵は息子ほども年下のレイモンドに尊敬の目を向けると、使用人達に荷物を積んだ馬車から荷物を下ろすようにと指示を出していく。

　挨拶を終えた私達は再び馬車に乗り込むと、荷物を載せた馬車を置いて総合治療院へ向かった。


「――ここが新しく建設中の総合治療院だ」

「まぁ……大きい……！」

　施設はもうほぼ出来上がっている状態で、真っ白い大きな外観が存在を主張している。

「そういえば、病院の名前はもう決まっているの？」

　私が何の気なしに尋ねると、レイモンドは目をキランと光らせて自信満々にその名を口にした。

「もちろん‼　その名も【聖ミレイ総合治療院】だ‼」

「……」

ミレイ。

初代聖女の名前にしたわけね。聞かなきゃ良かった。

工事のため職人達が出入りするなか、四十代後半ほどの男性施設長が私達を迎えてくれた。

「公爵閣下から両殿下が視察にいらっしゃることを伺い、案内を任されております。責任者のガーナです。ようこそお越しくださいました。王太子殿下、王太子妃殿下」

彼自身も医師であり、専門は脳外科だと聞いている。

様々な分野の医師を一箇所に集めた総合治療院は、元はと言えば初代聖女の考えたアイデアで、最近までは三つの分野を合わせた総合治療院だったそう。だけど建物の老朽化に伴い、専門分野を増やした上で新築してほしいという陳情が国の行政機関へ届いてから、すぐにレイモンドが決断をして、新治療院の建設に発展したのよね。

「内部もだいぶ出来てきたようだな。医師の方は集まったか？」

「ええ、あらかた。聖女様が創られた総合治療院は医師としても憧れの場ですから、各分野の優秀な医師に声をかけたところ、すぐに集まりました」

この地に現れた初代聖女は、街に一つしか治療院がないことや、症状によっては他の街まで行かなければ治療が受けられないという現状を知って、自分の世界にあった総合的な治療院を作るように各方面に掛け合ったらしい。

その聖女の世界では、様々な分野の医師を一箇所の施設に配置して、その中で全ての治療が事足りていたという。この総合治療院が出来てから、たらい回しにされて転々としなければならない人が大幅に減った。

――って……、今までどうも思っていなかったけれど、初代聖女ミレイってきっと前世の私と同じ世界の人間よね。

そして書物に描かれたミレイの着ている服――セーラー服を見る限り、私や後に現れるはずのアリサと同じ、日本人。そしてこの世界に転移してきた当初は学生だったということだろう。

総合治療院は前世での総合病院を元に作られたんだわ、きっと。

そして物語で召喚された聖女アリサも日本人。

何なのこの日本人聖女率。

なのに何で私は悪役令嬢なのよ。

私、前世で何か悪いことでもしたのかしら？

今回建物を新築するにあたり、専門分野を三つから大幅に増やした大治療院になる。

国民にとって夢のような施設だ。当然、そこで働けるということは名誉なことになるし、断る人間などよっぽどでないといないでしょうね。

「ただ、精神科医のみ、まだ見つからないのです」

「精神科医？」

「ええ。今受け持っている患者の担当や環境が変わることに慎重な者が多く、今の治療院から離れることはできないと……」

確かに精神科はとても繊細な分野ですものね。

患者のことを思えば渋るのも無理はない。

「精神科なぁ……。誰か知り合いはいたかな？」

……心当たりはある。それはもう身近に。

私の二番目の兄だ。

精神科の勉強のため、一人他国に行ったきり、そのまま帰ってこない研究オタク。

私には二人の兄がいる。

長男のミハイル兄様と、次男のラインハルト兄様。

二人とも私をとても大切にしてくれる優しいお兄様達で、私達三兄妹は昔からとても仲が良かった。

だけどライン兄様は、私達の結婚式にも現れることなく、ただ一言【幸せに】というメッセージが書かれたカードと共に、私の大好きな花、ロザリアの花束が送られてきたのみだったから、しばらく会えていない。

公爵家は長男であるミハイル兄様が継ぐから、ライン兄様は奔放に生きているようで、お父様もお母様も「居所がわかってさえいれば問題ない」と放任しているし。

確か、今は他国の病院に勤務しているものの、臨床医としてではなく、精神科アドバイザーとして精神科医のサポートをしているって聞いてるけど……。

声をかけてみる価値はある、かしらね。

そう思った私はおずおずと右手を上げた。

「あの……私の兄――ラインハルトが、精神科医の資格を持っていますの。今は精神科医のアドバイザーをしていて現場にはいないので、病院を移りやすいかもしれません。兄に連絡をとってみましょう」

連絡がつくかどうかは怪しいけれど、やってみないことには始まらない。

それに、私もライン兄様と久しぶりに会いたいし。

「ああ、ラインハルトか。だが結婚式にも来ていなかっただろう？　連絡は取れるのか？」

「えぇ。父母は居所を知っているはずだから、旅行から帰り次第、手紙を出して頼んでみるわ」

「そうか。ならこの案件はロザリア、頼む」

「わかったわ」

仕事のことならスムーズに会話が進むのに、どうして普段は喧嘩になってしまうのかしら？

ずっと仕事だったらいいのに。そんなどうしようもないことを思いながら、一日目の予定である視察は無事に終わった。

目の前に広がるキラキラと光る水面。

湖の畔は緑に覆われて、湖面をとても爽やかな風が吹いている。

とっても素敵な場所だわ。

見ているだけで心が洗われるみたい。

チラリと隣を横目で見てみれば、レイモンドも湖と同じくらい目をキラキラさせて、目の前の美しい景色を堪能していた。

その横顔は目の前の景色にも勝るとも劣らないほど美しくて、それでいて少年のように無邪気な笑顔で、私は思わず見入ってしまった。

レイモンドは今何を考えているのかしら。

仕事のこと？

やっぱり聖女のこと？

それとも――私のことを……少しでも考えてくれているのかしら？

一応、新婚旅行なのよね。

昨夜も仕事の話をして、公爵家が用意してくれた寝室の同じベッドで寝て、いつも通りだったけれど。

本当ならきっと、甘いひと時の一つや二つあるはずよね。

普通の新婚旅行ならば。

そう考えると、少し胸がチクリと痛んだ。

「ロザリア」

「何？」

「綺麗だな」

「え!?」

湖の色よりももっと深い青い瞳で私を見つめながら発せられた突然の一言に、思わず思考が停止する。

綺麗って……そんな……それって――‼

だんだんと顔に熱が集まってくる。

な、何か、何か言葉を返さないと。

そう思った矢先――。

「さすが聖女様が水浴びをなさった湖だ‼」

「……」

「見てみろこの透き通った水‼　きっと聖女様もこのように透き通った肌をされていたんだ‼　それは美しかったに違いない‼　その上、こんなに大きな湖の水を全て聖水に変えられるなんて……やはり聖女様は素晴らしい‼」

「……」

期待って、何だっけ。

そんなことすら忘れそうになって、私は遠くを見つめる。

「なぁロザリア、一緒に水浴びでも――」

「しません‼」

一体この男は私をいくつだと思ってるのかしら。

同性の友達か何かと勘違いしてるんじゃない？

第一、昔ここでやらかしたこと忘れたのかしら？

いや、忘れたと言うよりは、大して大ごとには考えていなかったんでしょうね。被害者はいつまでも悲しかったことって忘れないけど、加害者は自分がしたことが悪いことだとは思わなくてすぐ忘れるって言うものね。

はぁ……こんな感じでこの旅行、大丈夫なのかしら……。

「私、少し疲れたから、先に木陰で休んでるわね」

「ん？　あぁ、大丈夫か？」

「平気よ。少し頭痛がするだけだから」

それも原因はあなただけどね‼

――とは言わない私。偉い。

きっと今までの私なら、もう少しツンツン言い返して喧嘩になっていただろうけれど、あの初夜から、もうそれすら無駄なんじゃないかと思えてきた。

どうせ無駄ならば、極力心乱されることなく無になって、離縁の時までレイモンドの仕事のパートナーとして心穏やかに過ごしたい。

ただ、私だって人間なので、悲しかったり辛かったりイライラしたりするのは許してほしい。

「大丈夫なのか？　今日はもう公爵家に戻――」

「いいえ、大丈夫よ。すぐに良くなるわ」

あなたの聖女話から離れることができたらね。

もしもレイモンドから離れることができたなら、どれだけ楽に生きられるんだろうか。

いいえ、きっと離れたら離れたで寂しくなってしまうのよね。

全く、面倒な感情だわ。

「そうか？　……わかった。ゼル、ロザリアを頼む」

「はい。行きましょう、王太子妃殿下」

「ええ」

私は膝丈の旅行用ワンピースを翻《ひるが》して、すぐそこの大きな木の下にセッティングされた敷物の上へ移動する。

「……ふぅ……」

あぁ、思わず息が漏れてしまったわ。

ふと視線をさっきまでいた湖の畔へと移すと、湖の水に嬉しそうに足をつけるレイモンドの姿が……。

その姿はさながら尻尾をブンブン振って喜ぶ子犬のよう。

聖女が浸かった水に浸かれてさぞ満足でしょう。

私は一気に疲れてしまった。

「……大丈夫ですか？」

低く落ち着いた声が背後から遠慮がちにかけられる。

真面目なゼルが職務中に自分から話しかけてくるなんて、珍しいこともあるものだ。

私、そんなに酷い顔してたのかしら。

「大丈夫よ。……いつものことだもの」

「……」

「……うそ。少し、胸が痛いわ。だって、私、あんなふうに綺麗だとか美しいとか、言われたことないもの」

結婚式の日だって、私の姿を見てすぐにレイモンドは目をそらした。

「綺麗だ」って、「美しい」って言ってほしかった。

ただ何も言われることなく始まり、終わった結婚式。

所詮私は、その程度の人間なのよね。

「でも、気にしちゃダメよね。私がすべきことは、来《きた》るべき時まで、立派にレイモンドを支え、国を良くすることだもの。だから……大丈夫よ」

そう言って私はゼルに精一杯笑ってみせる。

視線の先のレイモンドが私に気づいて、無邪気に笑って手を上げる。

私もそれに応えるように、小さく手を上げ返す。

こんな少しのコンタクトでも嬉しくなってしまうなんて。

恋ってなんて――厄介なのかしら――？


ラス湖の畔でピクニックをし、昼食を木陰でいただいた私達は、街の中心にある古びた教会へ足を運んだ。

傷みが激しく歴史を感じる大きな木の扉に、美しい色とりどりのガラスが嵌め込まれた窓。その教会は、公爵領の教会でありながら、とてもこぢんまりとしている。

スチュリアス公爵家は聖女が現れ保護したことで公爵位を賜った家で、その前は伯爵家だったらしい。その伯爵領だった時に聖女信仰のために建てた小さな教会をそのまま使っているのは、偏《ひとえ》に聖女への敬意によるものなのだろう。

スチュリアス公爵家は信心深く忠義に厚いお家だから。

「王太子殿下、王太子妃殿下、お待ちしておりました。ごゆっくり、お祈りくださいませ」

「あぁ、ありがとう」

神父様と短く言葉を交わした私達は、教会奥、女性の像の前へと足を進めた。

――聖女ミレイ像。

まっすぐに切り揃えられた前髪に、クリッとした明るい雰囲気を醸し出す大きな目。

神殿にあるような、穏やかに微笑むどこか人間離れした美しさを持つ女神像とは違って、愛らしい大輪の花のような笑顔を浮かべている。

どれも私とは違うものばかり。

それを嬉しそうに見上げるレイモンドの顔。

……さぁ、こんなことさっさと終わらせて出ちゃいましょう‼

『こんなこと』と言ってはバチが当たってしまいそうだけれど。

私は跪き、目を瞑って手を組み、聖女ミレイ像に向かって祈りを捧げる。

〝どうか、これ以上レイモンドの心を奪わないで、私から彼をとっていかないで――‼〟

そんな思いをつい心に浮かべる。

聖女が現れようと現れまいと、レイモンドの気持ちは変わることはないんだろうけれど……、できることなら、ずっと妻として、彼のそばにいたいと思ってしまう。

仮初めでもいい。

仕事のパートナーでもいいから。

名目上だけでも妻として、彼のそばにいたい。

祈りという名の懇願を終えて目を開けると、レイモンドはすでに祈り終えて私を見ていた。

「……終わったか？」

「えぇ」

「あー……何を、祈ってたんだ？　とても真剣に祈っていたようだが」

私、そんなに真剣な顔をしていたのかしら？

いやそれよりも見られていたっていうことがすごく恥ずかしいんですけど‼

「あ、あなたこそ何を？」

「俺は……」

少しだけ言い淀んでからレイモンドは、「聖女様の地に来ることができた幸せをお伝えしていた」と聖女像を見上げて言った。

うん。……聞いた私が馬鹿だったわ。


祈りを終えた私達は、すぐ近くの【アクセルの仕立て屋】周辺の店がたくさん立ち並ぶ通りにお土産を買いにやって来た。

「ここも変わらないな」

「そうね。ゼルも一緒にいると、あの頃に戻ったみたいね」

私達はよく三人でこのあたりを散歩したから。

まだレイモンドと婚約する前、坂道が多いこの通りで私が転んだことがあった。ゼルがすぐに助け起こしてくれて、レイモンドがおんぶしてくれたのよね。

いつもぶっきらぼうな言い方ばかりで優しくないレイモンドが、自分から「ロザリアは俺が背負う」って言ってくれて……。

王子なのに。そんなこと、護衛に任せればいいのに。

なのに彼は、馬車まで私をずっとおんぶしていてくれた。

時々「大丈夫か？」「痛くないか？」って気遣いながら。

私は少し恥ずかしくて、馬車に着くまでの間ずっとレイモンドの背中に顔を埋めながら、レイモンドの温かい背中の熱を感じていた。

――あの時だ。

私が、この人のことが好きだ、って思ったのは。

あれがなければ、レイモンドを目で追い始めることもなかったし、追わなければ彼のいろんな顔を知ることもなかった。

立派な王になるために夜遅くまでたくさんの難しい本を読んだり、強くなろうと手の豆が潰れても剣の稽古を怠らない努力家な顔も。

私が体調を崩したり、王妃教育の一環の剣の稽古で怪我をした時にはものすごく心配してくれる優しい顔も。

城の馬の出産を見させてもらった時には涙を浮かべて喜んだりする感動屋な顔も。

あれがなければそんなたくさんの顔を知ることもなく、もっと好きになんてならなかったのに。

何であの時、私を背負ったのよ。

レイモンドの馬鹿……。

周辺の店を見て、陛下と王妃様にお土産のお酒と可愛い小物入れを買った後、やっぱり訪れたのは聖女ショップ。

ここでまた聖女グッズなんか私に買ってみなさい。

一発張り手をお見舞いしてやるんだから‼

「おぉ‼　見てみろロザリア‼　聖女様の似顔絵付きのバスタオルが新発売されてるぞ‼　これバスルームに――」

「置きません」

「こっちは聖女様の顔のピローケースがあるぞ‼　これ寝室の枕に――」

「かぶせませんから絶対に‼」

何なのこれ、拷問⁉

何で恋敵の顔のタオルで身体を拭き、恋敵の顔の枕で寝なくちゃいけないのよ⁉　ていうかそんなもの使ってるレイモンドとか見たくないわ‼

はぁ……何だか疲れた。

「よし‼　じゃぁこの聖女まんじゅうにするか‼　部下達の土産だ」

どうやら何にするか決まったらしい。

あれだけ聖女グッズに興奮していたのに、自分には買わないのね。

そのことに少しだけホッとする。

「おっ、そろそろタルタの丘に行こうか。夕日の時間だ」

「ええ、そうね」

そして私達は馬車に乗り込み、最後の目的地タルタの丘へ向かった。

タルタの丘に着いた時には、空はすでにオレンジ色に染まり、目の前では大きな夕日が輝いていた。こんなに夕日が大きく感じられる場所は他にはない。

夕日の輝きが辺り一面の草花を覆い尽くし、まるで黄金に輝く自然の絨毯《じゅうたん》のよう。

思わずため息が出るほどに美しい光景が目の前に広がっている。

「素晴らしい景色だ……」

「ええ、本当に……素敵だわ」

二人並んで見るその美しい景色に、胸が詰まりそうになる。

こんな美しい光の中で、聖女は王子にプロポーズされたのか……。

少し、羨ましいわ。

私はプロポーズなんてされたことがなかったもの。

「婚約してください」

「結婚してください」

たったそれだけの二つの言葉だって、私は与えられたことがない。

婚約は儀礼的に「ロザリア嬢との婚約を望む」という書面だけが私の実家である公爵家に届き、親達の間で話が進み、教会で二人揃って婚約のサインをしただけ。

そのままズルズルと婚約関係が続き、予定の年齢になった時、予定通りの場所で結婚式をした。

その結婚式もアレだし……。

はぁ……こんな素敵な場所で好きな人からプロポーズされたなら、どんなに幸せだろう。

つい、叶わない夢を見てしまいそうになる。

「……なぁ」

「何？」

「ここの伝説、お前知ってるか？」

「……えぇ。聖女が王子にプロポーズされた場所、でしょう？」

知らないはずがない。

だってこれ、聞きもしないのにレイモンドが勝手に話して聞かせた聖女伝説の一つだもの。話した本人は忘れてるみたいだけれど。

「あぁそうだ。……プロポーズした王子は、どんな気持ちだっただろうな？　聖女様に受け入れてもらえてさ。聖女様と思いが通じ合って、言葉では言い表せないほど幸せに満ちた気持ちになっただろうなぁ……」

夕日を見上げながらレイモンドがしみじみと言葉を紡ぐ。

穏やかな表情ながら少しだけ影が落ちた端正な顔に、私は思わず見入ってしまう。

「——俺も、そんな気持ち味わってみたかった。同じ王子なのにな……」

ぽつりと呟かれた言葉に、私の心がピシリと凍りついた。

それは——どういうこと？

同じ王子なのに何で自分には聖女と思いを通じ合う機会が与えられなかったんだ。

そう言っているように感じられて、金色だった周囲の景色が一瞬にして色をなくした。

「……そんなこと……私に聞かないでちょうだい……」

だめ、泣きそう。

鼻の奥がツンとして、溢れてくるものを堰《せ》き止めているのがやっと。

「気分が悪いわ。私、先にスチュリアス公爵家に帰るわね」

「は⁉　お、おい⁉」

「ゼル、あなたの馬に乗せてちょうだい」

私の背後で護衛をしていたゼルに声をかけると、ゼルは私を見た後、一瞬だけ眉を顰めてから無言で頷き、私を馬に乗せ、手綱を握った。

「おいロザリア⁉」

「レイモンド、あなたはもう少しここを堪能して帰るといいわ。ランガル、レイモンドをお願いね」

「は、はいっ‼」

私はレイモンドの護衛騎士ランガルに全てを任せてから、痛む胸を押さえながらゼルと共にスチュリアス公爵家へと帰還した。

レイモンドの――馬鹿……。

私が帰ってすぐに、レイモンドもスチュリアス公爵家に帰ってきた。

何か色々言っていた気がするけれど、さっきのタルタの丘でのことが頭から離れず、私の耳には一つも入ってはこなかった。

そのままスチュリアス公爵夫妻と夕食をいただき、私達はいつも通り一緒にベッドへ入った。

「……なぁ、何か怒ってるのか？」

私の様子にさすがに思うことがあったのだろう、躊躇いがちにそう尋ねるレイモンドだけれど、今日の私にはもう彼と話をする余裕がない。

今口を開いたらきっと、チクチクネチネチ言ってしまいそうだもの。

「別に、何でもないわ。ただ少し……疲れただけよ。おやすみなさい、レイモンド」

遠回しに拒絶するように無理矢理会話を終わらせると、私はレイモンドに背を向けたまま目を閉じた。

――しばらくしてレイモンドの規則正しい寝息が聞こえてきても、私は眠れずにいた。

胸が痛い。

気持ちが落ち着かない私は、スチュリアス公爵家の庭園で夜風に当たりながら頭を冷やそうと、夜着の上からガウンを羽織り、簡単に身支度を整えてから一人部屋を抜け出した。

「王太子妃殿下？」

「ゼル……」

夜間の護衛は別の騎士のはずだったのに、何故か夜間護衛の近衛騎士と一緒に扉の前で待機していたゼルが、部屋から出てきた私に声をかける。一体いつ休んでいるのかしら、ゼルって。

仕事で来ているとはいえ一応自分の実家なのに、朝から晩まで私に付きっきりって……申し訳ないわ。

「ゼル、ちゃんと休んでる？　朝も護衛をしてくれていたし、夜ぐらいしっかり休まなきゃ」

私が心配になってそう言うと、ゼルは表情を変えることなく首を横に振った。

「いついかなる時も、あなたをお守りするのは、私の務めです」

「っ……‼」

甘い言葉に飢えている私には、今の言葉は刺激的すぎた。

鼻血出るかと思ったわ。

だめよ、ロザリア。

あなた一応王太子妃なんだから、そんなビジュアル崩壊は絶対に許されないわ。

「……眠れないの、ですか？」

「え、えぇ。……気分がすぐれないから、庭園で散歩でもしようと思って……」

下手に嘘をついてもゼルにはバレてしまうから、正直に白状する。

何を考えているかわからないような無表情を決め込んでいながら、昔から周りのことに関して
すごく鋭いのよね、この人。

「……そう、ですか……。なら、私がお供します」

「いいわよ、勝手知ったる場所なんだし。それよりレイモンドの護衛を――」

「私はあなたの護衛です。……あとは頼む。何かあれば知らせを」

「はっ‼」

夜間護衛の騎士に一言そう言ってから、ゼルは私に向き直る。

「さ、行きましょうか」

「え、えぇ」

私はゼルに促されるまま、夜の庭園へと足を進めた。

スチュリアス公爵家の庭園は四季を通して綺麗な薔薇が咲き乱れていて、いつ見てもとても彩り豊かだ。華やかな香りが時折夜風に紛れてきてとても気持ちがいい。

「相変わらず素敵ね、ここは」

「母の趣味ですから」

実はこの庭園、ゼルのお母様であるスチュリアス公爵夫人が自ら手入れしている、彼女の自慢の庭なのだ。綺麗で優しくてお菓子作りも上手で、その上自分で薔薇まで育てられるって……理想すぎる。

「ふふっ。よくここで一緒にかくれんぼして遊んだわね」

「はい。ロザリアは――失礼、王太子妃殿下は、すぐに見つかっていましたね」

その当時のことを思い出したのか、僅かに頬を緩めるゼル。

何故か私はゼルに勝てたことがないのよね。

私がどこに隠れてもすぐに見つけ出しちゃうし、隠れるのものすごくうまいから、私はゼルを見つけることができないまま、結局降参するパターンばかり。

意外と容赦ないゼルは手加減もしてくれなくて、私が「降参よ、出てきてー‼」って泣きつくまで隠れ続けてたわね。

「今ぐらいロザリアでいいのに」

昔は【ロザリア】と呼んでいたのが、私が婚約してからすぐに【クレンヒルド公爵令嬢】と呼ぶようになって、結婚したら【王太子妃殿下】になった。

距離が広がってしまった呼び名にどこか寂しさを覚えながらも、それは仕方がないということを、私はよくわかっている。

それでも、やっぱり寂しいものは寂しい。

「そういうわけには参りません。私はあなたの護衛騎士ですから」

相変わらずのゼルらしいその硬い言い分に苦笑いを浮かべながらも、私は時の流れをじっくりと噛み締める。

そうだ。寂しいけれど、仕方がない。

いつまでも幼い頃のような関係ではいられないのだ。私も、ゼルも、レイモンドも。

私達は、立場が変わってしまったのだから。

もしも私がレイモンドの婚約者にならなかったら、きっとゼルと結婚していただろう。

公爵家同士だし、幼馴染で気心も知れた仲だし。

そうしたらもっと違ったのかしら。

こんなに苦しむことはなかった？

プロポーズもしてくれて。

ウェディングドレス姿を見て「綺麗だ」って言ってくれて。

ちゃんとした夫婦に……なれたのかしら？

「……もしもゼルと結婚していたら、私、こんなに悩むことなく幸せになれたのかしら……」

出してはいけない言葉を口にしたと気づいた時にはもう手遅れだった。

目の前のゼルは驚きに満ちた表情のまま固まっている。

いつも何があっても顔には出さないあのゼルが。

「あ、ご、ごめんなさい‼　忘れてちょうだい」

慌てて取り繕う私だけど、それでも驚きの表情を一ミリも変えることなくゼルはその場に佇む。

「ぜ……ゼル？」

さすがに動かないゼルに不安になって彼の名を呼ぶと、ゼルははっとしてすぐに表情をいつもの無表情に変えてから、眉にグッと力を入れて、ゆっくりと口を開いた。

「……もしも――」

「え？」

「もしもそうであったなら――……私は命をかけて、あなただけを守り抜くでしょう」

真剣な赤い瞳が私を捉える。

夜風が髪をぬぐい、艶やかでサラサラの黒髪が闇に溶けた。

「そ……それ、今と同じじゃ……」

ゼルがあんまりにも真剣にそんな言葉を投げかけてくるものだから恥ずかしくなって、ごまかすようにそう言うと、ゼルは少しだけ微笑んだ。

「そうですね。どちらにしても、大切なあなたをお守りする。それが昔から変わらぬ、私の生きる意味です。――ロザリア」

「っ……‼」

「さぁ、そろそろ部屋へ戻りましょう。夜風に当たりすぎては、風邪をひかれますよ」

再びきりりと表情を引き締めると、ゼルは私にその大きな手を差し出した。

「え……えぇ……」

私は差し出された手のひらに自分のそれを乗せると、ゼルはまた僅かに頬を緩め、私達はお互いにそれ以上言葉を交わすことなく部屋へ戻った。

今が夜で良かった。

この顔にこもった熱が、誰にも気づかれずに済むから――。


翌日、朝食を済ませた私達は荷造りを終えると、玄関ホールでお世話になったスチュリアス公爵家の方々へ別れの挨拶と感謝を述べた。

私達は二泊三日の新婚旅行を終え、今日城へと帰る。

本当はもう少しゆっくりしたいけれど、仕事もたくさんあるし、そうは言ってられないのよね。

「王太子殿下、王太子妃殿下。またいつでもお越しください」

「ありがとう、公爵。世話になった。また折りを見て寄らせてくれ」

「ゼル、王太子妃殿下をしっかりとお守りしなさいね」

「はい、母上。命に代えても――」

「っ……‼」

昨日のゼルの言葉が蘇って、また顔が熱くなるのを感じる。

落ち着いて私。

ゼルはただ職務に誠実であろうとそう言ってるのよ‼

純粋無垢なゼルの言葉をそんな風に受け取っちゃダメよ‼

「では、また、お元気で」

そう言ってすぐに気持ちを落ち着けて、私は微笑む。

そうして私達は、スチュリアス公爵家を後にした。


『城に帰る前に、寄りたい場所がある』

出発前、レイモンドに突然真剣な表情でそう言われたけれど、どこに行くのかは全く見当もつかない。さっきからレイモンドも黙ったままだし。

この領地に来てから隙あらば聖女のうんちくを披露しまくっていたくせに、何やら難しそうな顔をして外の景色を見ているだけ。

気まずい。

いや、そもそも聖女の話以外で会話の進まない夫婦って何？

しばらくそんな気まずい雰囲気のまま馬車に揺られ、公爵家が持たせてくれた軽食のサンドウィッチを途中の牧草地にクロスを敷いて食べ、それからまたしばらく行くと、馬車は王都の門の少し手前で停車した。

「着いたぞ」

そう言って私に手を差し出すレイモンド。

訳もわからないまま私は戸惑いながらその手を取った。

ここは……塔？

大きな古びた塔が目の前にそびえ立っている。王都は城壁に囲まれていて、外に出るための門がいくつかある。これまで何度も王都の外に出たことはあるが、この塔のことは特に気にしたことがなかった。

「お前達はここで待っていてくれ」

「……わかりました」

ゼルとランガルを塔の出入り口に配置させると、レイモンドは私の手を取ったまま、暗い塔の中へと入っていく。

所々に開いたくり抜き窓から漏れ入る光を頼りに、薄暗い螺旋階段を二人で登っていく。

「足元、気をつけろよ」

「えぇ……」

時々気遣うように私を見るレイモンドに困惑しつつ、私は足を前へと進めていく。

一番上へとたどり着いて突き当たりの扉を開けると、暗かった塔内とは正反対のまぶしい光に迎えられて、私は反動で目をぎゅっと瞑る。

薄目を開きながら徐々に光に慣れてきたところでゆっくりと目を開くと、目の前に広がる景色に私は言葉を失った。

空に囲まれた世界。

前の方に出て見下ろせば王都の門の内側がよく見える。

小さく動く人の群れ。

王都の市場かしら？

すごい賑わい……‼

背後でレイモンドの硬い声が私を呼んだ。そして振り返ると――。

「ロザリア」

――ふわり――。

私の視界は白で埋め尽くされた――。

「――ロザリアの……花……？」

差し出されたのは私と同じ名前である、まるで薔薇のように花弁が幾重にも折り重なった小ぶりの花――真っ白いロザリアの花で作られた花束。

戸惑いながらもそれを受け取る。

とても綺麗……。

私の名前の由来になった、私が一番好きな花。

でも意図がわからない。

私がじっとレイモンドの言葉を待っていると、彼は少しだけ顔を赤らめてから口を開いた。

「この景色は――俺の守るものの一部だ。俺はあと数年もしないうちに王になる。父上の目のこともあるからな。……だが、俺一人では全てを守るのは難しいだろう。だから……お前にも一緒に、同じ景色を見て、同じものを守っていってほしい。その……大変なことも多いだろうと思うが……。あらためて王太子妃として、未来の王妃として、そして俺の妻として、この国を一緒に守っていってくれ」

プロポーズと取るにはあまり色気のない言葉。

だけど同志としてはこれ以上の言葉はない。

思い出すのは初夜の時の言葉。

私に、パートナーとして支えてほしいと言った言葉。

あぁそうか。それがあなたの望む、私の役割なのね。

彼が私を信頼して国を一緒に守ってほしいと思ってくれるのなら、私はやってみせよう。

「もちろん、そのつもりよ。王太子妃として――次期王妃として、あなたを支えていくわ」

「む……妻としても、だ」

そこ重要なのかしら？

「？　わかったわ」

いつかその肩書きが別の人のものになっても、国を良くすることには協力していきたい。

その国を想う気持ちが私とレイモンドを繋いでいてくれる気がするから。

彼の心が別の人にあったとしても、私が彼を思うことは、許されるわよね？

私達はしばらく守るべきものを二人で見つめていた。

左手には花束を。

右手にはいつの間にか繋がれたレイモンドの手の温もりを感じながら、私は決意を新たにするのだった。

5 歩み寄る心

新婚旅行から帰ってすぐに、私は実家のクレンヒルド公爵家へと手紙を書いた。

総合治療院の精神科医の件で、だ。

『ラインハルト兄様に話があるので至急登城を』――という内容の短い手紙。

本当は実家である公爵家に直接お願いにあがりたいけれど、私の立場的にそれだけの理由で城を出て実家に帰ることは難しいから、お願いのみの他人行儀な手紙になってしまう。

お父様とお母様、ミハイル兄様にも会いたいのだけれど……仕方ないわね。

手紙の返事はすぐに来た。

見慣れたお父様の几帳面に揃った字で、私の身を案ずる言葉と共に、明日ライン兄様が登城するということが書かれていた。どうやら今は隣の国に滞在していたようで、すぐに帰国してくれるということだった。

そして……。

『王太子妃殿下に申し上げるのは大変失礼になるかと存じますが、いつでも、いつでも‼　帰っていらしてください』

そう締め括られているのを見て、思わず苦笑いが漏れる。

お父様の圧がすごいわ……。

結婚式の時も一人号泣して、お母様に慰められていたお父様。

三人兄弟の末っ子で一人娘だったから、お父様もお兄様達も私を溺愛してくれていたものね。

レイモンドとの婚約が決まった時も、お父様とミハイル兄様は「大事なロザリアに婚約者ができてしまった」って泣いていたけれど、同時にとても喜んでくれた。

でもライン兄様だけは結婚には反対でずっと難しい顔をしていたのよね。

やっぱり、今も反対なのかしら?

だから私とレイモンドの結婚式にも姿を現さなかったの?

ライン兄様は私と三つしか歳が違わないから、私もよくレイモンドのことで話を聞いてもらっていた。私の気持ちもレイモンドのやらかしもよく知っているから、もともとレイモンドにあまりいい感情は持っていないだろうし……。

助けて、くれるかしら?

……一応最終兵器、【レイモンド】に協力を仰いでおきましょう。

題して【ドロドロ溺愛大作戦】よ‼

そうと決まれば急がなきゃ。

私は本棚からピンクの表紙の分厚い本を五冊抜き取ると、執務室のドアを蹴り開けた。

お行儀が悪いけれど、仕方ない。

手が塞がってるから。

「王太子妃殿下……‼　私も執務室にいるのですから、そういう時は声をおかけください」

ゼルが呆れたように言いながらもさりげなく私が抱えている本を奪う。

「ありがとうゼル。レイモンドの執務室に行くから、それお願いできる?」

「言われずとも」

今日もうちの護衛騎士は優秀だ。

私はゼルを引き連れて、二部屋隣のレイモンドの執務室へ押しかけた。


「──というわけで、協力してほしいの」

「いやどういうわけだよ」

私がかいつまんで事情を説明すると、困ったような顔で机に肘をついて彼は言った。

「だから、ライン兄様が明日来るから、兄様が安心できるように、兄様の前でだけでも私が大切にされているように見せてもらいたいの」

「いやだからそこが意味わからないんだよ。それじゃ普段大切にしてないみたいだろうが」

「してるの？」

「してるだろ‼　こ、この間だって、新婚旅行で花贈ったろ⁉　い、一緒のベッドで、毎晩一緒に寝てるし……」

……そこ？

一緒に寝てるけど寝る直前まで仕事の話しかしてないわよね、私達。

確かにお花は嬉しかったけど……。

「新婚旅行……あの聖女聖地巡礼ツアーのことよね？」

「ちげーわ‼　れっきとした新婚旅行だ‼」

一応そのつもりはあったのね。

無意識なる聖地巡礼……。

まぁいいわ。

「新婚旅行でも何でもいいから、明日ライン兄様が来た際には、夫婦らしくしてほしいの。普通の新婚さんみたいに、溺愛気味で。これ、そのための資料よ」

私が言うとゼルがすかさず持っていた本の山をどさりと執務机の上に下ろす。

ゼルにはおおよそ似合わないピンクの表紙の本ばかりが目の前に積まれ、レイモンドが「こ……これは？」とゼルと本を交互に見ながら尋ねた。

「恋愛小説よ。これを読んで明日までにラブラブ新婚夫婦というものを学んでおいてね。あなたの今日の分の仕事は、私が代わりにやれるものはやっておくから」

何もなしにレイモンドに女性の気持ちを理解させてラブラブ新婚夫婦を装ってもらうだなんて、絶対無理だ。

だから私がピックアップした五冊の人気恋愛小説を読んでもらい、女性の理想的な扱いを極めてもらおうと思い至ったのだ。これらは私の所持している恋愛小説の中でも一軍だから、きっとレイモンドも新婚夫婦とは何たるかを理解することができるはず。

前世で恋愛小説オタクだった私が言うんだから間違いないわ。

「え、いやこの量を一日でとか……結構えぐいぞ」

「やれるわよね、レイモンド」

ていうかやってもらわないと困る、とレイモンドに圧をかける。

ライン兄様のことだ。結婚してもなお私が大切にされていない様子だったら、多分無理にでも公爵家に連れ戻しにかかるだろう。

　それは嫌だ。

「うぐっ……わ、わかった。わかったからそのぬるんとした表情やめろ。怖いわ」

　失礼ね。

　普通の顔よ。

「じゃ、そういうことだから、よろしくね。行きましょう、ゼル」

「はい」

　そして私達は、うなだれるレイモンドに背を向け、彼の執務室を出た。

「私、そんなに酷い顔していたかしら？」

　ぬるんとした表情って何よ。

「………私は何とも。ただ圧は感じましたが」

　表情は一切動かないけれど、今の間で何が言いたいかは悟ったわ。

「だって……。ライン兄様に、私は大切にされてるってところを見せて安心させたいんだもの。結婚を反対されたまま、兄様と疎遠になってしまうなんて、絶対に嫌だわ」

　レイモンドも、ライン兄様も、私にとって大切だから。

「──なら、私達も王太子殿下の仕事、頑張らねばなりませんね」

　そう言って僅かに眉尻を下げたゼルに、私も「ええ。レイモンドを信じて、頑張らなきゃね」

と笑顔を返した。

【SIDE レイモンド】

新婚旅行は俺の思い描いていたような甘いものにはならなかったが、何とか無事帰ってくることができた。

建設中の治療院の進捗状況も把握することができたし、ラス湖ではロザリアが頭痛を起こしたもののすぐに回復し、美しい湖を見ながら一緒に軽食も取れたし、教会では聖女様に無事ロザリアと結婚できた喜びを報告し、これから先のロザリアとの幸せな生活を祈ることもできた。

本当はそれに加えて、聖女様と王子のプロポーズ伝説にあやかって、俺もロザリアにプロポーズをするつもりだったし、そのために新婚旅行にあの場所を選んだ。

何せ、俺とロザリアは、俺が望んだとはいえ形としては政略結婚だからな。

婚約も紙切れ一枚、結婚も予定通りの日に紙切れ一枚にサインをし、神の前で愛を誓ったのみだ。その誓いも決められた言葉でだったしな。

しかも俺ときたら、ロザリアが綺麗すぎて結婚式の日もろくにあいつと話をしていない。

プロポーズどころか「好きだ」の一言すら、俺は言ったことがない。

だから、あの場所で仕切り直したかったんだ。

同じ王子なのに、聖女様にプロポーズするチャンスが与えられた王子が羨ましい。

いや、俺がぐずぐずしていたから悪いんだろうけどさ。

プロポーズを受けてもらえた王子は、さぞ幸せだったろうな。

『――俺も、そんな気持ち味わってみたかった。同じ王子なのにな……』

そう呟いたあたりで、ロザリアの雰囲気が明らかに変わった。

一瞬見えた絶望の色に戸惑っているうちに、ロザリアはゼルと帰ってしまうし。

俺はまた、何かを間違えたんだろうか。

考えてもわからないまま、翌日にはスチュリアス公爵家を後にした。

帰りに寄った塔の上では、思ったような言葉はなかなか伝えられなかったが、何とか花は受け取ってもらえた。

ロザリアが好きな【ロザリアの花】。

本当は好きだとか愛しているとか言いたかったんだが……あいつの顔を見てたら無理だった。

まぁ、それはまた次の機会に言うとしよう。

夫婦になった俺達には、まだまだ時間はたくさんあるんだ。焦る必要はない。

……にしても……。

さっきのロザリアは何だ。

可愛すぎか。

感情の読めないのっぺりとした、それでいて圧強めの顔のロザリアもまたいい……‼

「なぁランガル」

「はい？」

「俺の妻が可愛すぎるんだが、どうすればいい？」

「はぁ？　そんなん、ギューってしてチューってしたら――」

ガタガタガタンッ‼

「ちょ、殿下⁉　大丈夫ですか⁉」

「あ、あぁ、大丈夫だ。問題ない。俺には少し刺激が強すぎただけで……」

ロザリアにギューとかチューとかするのを想像して椅子から滑り落ちる俺を残念なものを見るような目で見るランガル。

こいつは俺の護衛騎士で、いつも飄々としているが意外に真面目で口の堅いやつだ。

故に、俺は何度も恋愛相談に乗ってもらっている。と言っても相手はロザリア以外いないけど。

が……、元々は俺の幼い頃の護衛だった騎士の息子であり、俺の乳兄弟でもある分、気安く遠慮がない。まぁこれは性格の問題でもあるんだろうが、時々俺の心をざっくりとえぐりにかかる。

「ま、まさかまだギューもチューもしてない……とか言いませんよね？」

「うぐっ」

今まで恋愛相談をしていたとはいえ、さすがに結婚後も何もしていないとは言えないでいたが、図星をつかれてしまえば返す言葉がない。その通りなのだから。

じっとりとした視線が痛い。

だがその沈黙を肯定ととったランガルは、ますますその瞳をじとっと細めた。

「殿下、畏れながら……、地位があって文武両道、その上それだけ顔が整ってるのに女の扱いを知らんて……今まで何してたんですか？」

「何もしてないわ‼　ロザリア以外なんか興味がない‼」

俺の顔は女性にウケがいいらしい。

だからか、ロザリアという婚約者がいるにもかかわらず言い寄ってくる身の程知らずも多かったが、可愛い婚約者がいるのに他の女の誘いに応えるわけにはいかない。

というか、俺が嫌だ。

ロザリア以外に触れられること自体、ものすごく嫌だ。

だからいつも適当に話し相手をしつつあしらってきた。

よって自慢ではないが、どんなにモテようが恋愛経験はゼロだ。

「好きだとかも伝えてないいんすよね？」

「うぐぐっ……」

言えたらここまでこじれてない。

「はぁ～……殿下、そろそろ妃殿下に愛想尽かされますよ」

「な、何故だ⁉」

ロザリアに愛想を尽かされたら俺はどうやって生きていけばいいんだ。

「新婚旅行とは名ばかりの聖女聖地巡礼ツアー、酷かったっすからねぇ……。いや～ほんと、引いたわ～」

やめろそんな目で見るな。

ランガルは裏表がなく歯に衣着せぬ物言いが気やすくていいが、時々俺の心を抉りにかかるの本当にやめてほしい。

「もうまず行き場所のチョイスからアレっすからねぇ……。しかも土産に聖女のタオルやピローケース薦めるって……。自分の男が他の女の顔がプリントされた枕で寝るとか、何の拷問っすか」

「うっ……ろ、ロザリアが可愛すぎて、聖女様関連の会話しかできんのだ‼」

あぁ、言ってしまった。

「――――は？」

くそ、こいつ護衛騎士のくせに俺を小馬鹿にして……。

「俺だって本当は、新婚らしくイチャイチャしたり、ロザリアをベッタベタに甘やかしたりしたいさ……。でも、いざとなったら聖女様の話題しか出てこんのだぁぁっ‼」

頭を抱えて執務机に突っ伏す。

あれだ。多分俺は呪われてるんだ。

愛する者に愛を囁こうとすると、聖女様の話題しか出せなくなる呪いだ。

そうだ、きっとそうに違いない。

突っ伏した先に積み重なったピンクの本が目に映る。

これでラブラブ新婚夫婦を学んでおけと言っていたな。

どれ、少し読んでみるか。

俺は一番上の一冊を手に取り、パラパラと適当にページを捲《めく》ると――――。

「…………⁉」

あまりの衝撃に思わず机の上にバサリと本を伏せてしまった。

「何……だと……⁉」

「どうしたんすか？」

「こ、これと同じことをロザリアにするというのか⁉」

ハードル高すぎるだろう⁉

世の新婚夫婦とはこんな……こんなことをしている、のか？

雷に打たれたような衝撃とはまさにこのことだ。

「ん？　どれどれ？　……って……いや、こんなん普通でしょう。今時普通の恋人同士でもしますよ、バックハグなんて」

「な……な、な……っ」

こんな大胆なことを……結婚前にする……だと⁉

俺なんて婚約中も結婚してからもエスコートの時ぐらいしか手を握ったことがないぞ‼

結婚式も口付けすらしていないし……。

あぁ……、口付けぐらいしておけば良かった。

ていうかめちゃくちゃしたかった。

「俺に……できるのだろうか……。こんな高度な技……」

不安だ。でもやらねば。

ロザリアの兄達は――正直苦手だ。

いい思い出が無い。

奴ら、ロザリアがいる場では普通に接してくるが、彼女がいない場では俺に対してものすごい辛辣《しんらつ》だ。

特に二番目の兄、俺の一つ上のラインハルトはヤバい。

あいつはロザリアが居ようが居まいが関係なく辛辣だ。

しかも何故か俺を親の仇《かたき》の如くイジメ倒してくるからな……。

まぁ……ロザリアのこと溺愛してたもんな、あいつ。

結婚式にも出席せず、ロザリアの花で作られた花束のみが送られてきた。

ラインハルトが安心して俺にロザリアを任せられるように、俺も頑張らないとな。

「殿下、できるかどうかじゃない。やるんすよ。もう何なら演じましょ‼　この本の男性をね‼」

演じる……？

はっ……‼　そうか……‼

「それだ‼　それならロザリア相手でもどろっどろに溺愛することができる‼　よし‼　そうと決まれば、読むぞぉぉぉぉ‼」

俺はそれから夜までの間、無心になって恋愛小説を読み漁ったのだった。

＊　＊　＊

翌日、応接室のソファにレイモンドと二人並んで座って、ライン兄様の訪れを待つ。

あぁ……胃が痛い。ものっすごく痛い。

もうそろそろライン兄様が登城する時間だわ。

レイモンド、さっきからずっと微動だにせず何かをぶつぶつ呟いてるけど、大丈夫かしら？

………不安すぎるわ。

そんな不安で、私の胃の痛みがピークに達しそうになった時だった。

コンコンコン――応接室に小さなノック音が響く。

来た……!!

「ラインハルト・クレンヒルド様、ご到着です」

「あぁ。入れ」

レイモンドが動いた……!!

「きゃ!?」

レイモンドは返事をすると同時に、私の肩を強く引き寄せた。

え、レイモンド!?

エスコート以外で触れ合うことのないあのレイモンドが……私を抱き寄せた……!?

私、奇跡を見ているのかしら？

いや、まさか熱でもあるのかしら？

「失礼します。――っ!?」

ほら!!　入ってきたライン兄様も私達を見るなり固まっちゃったじゃないの!!

「ら、ライン兄様、お久しぶりです。レイモンド、ちょっと離れて」

「ん？　何故だ？　俺は一秒たりともお前を離していたくないんだが？」

はい!?

本当、どうしちゃったのレイモンド!?

そんな……そんな新婚ラブラブ夫婦みたいなこと……!!

はっ!!　まさかあの本の影響？

もしかしてレイモンド、総合治療院のために頑張ってくれているの？　なら私も、動揺していてはダメよね……。

「わ、私もそうですが……、まずはご挨拶を」

「あぁ、そうだな。ラインハルト、急に来てもらってすまないな」

「……いえ、可愛い妹のため、ですので。ロザリア、変わったことはない？」

私とレイモンドの扱いの差が激しい……‼

「えぇ、夫のおかげで毎日楽しく暮らしております」

「俺も、妻のおかげで毎日が輝いている」

「殿下には聞いてない」

辛辣‼

レイモンドへの当たりの強さは変わっていないのね、ライン兄様。

「で、話って何だい？　何か大変なことでもあった？　いつでも家に帰ってきていいんだよ？　無理してここにいなくても……」

まずい。私を連れ戻しにかかる気だ……‼

早いところ本題に入らないと。

「あ、いいえ。実はライン兄様に折り入ってお願いがありまして……。あの、ライン兄様、スチュリアス公爵領のことなのです」

「ん？　ゼルの実家の？」

「ええ。今スチュリアス公爵領にある総合治療院を新しく建設中なのですが、もうすぐ完成なのに、精神科医だけが見つからなくて……。お兄様、資格がおありでしょう？　だからお兄様にお願いできないかと思いまして……」

お願いしている間もずっと肩にはレイモンドの左手が回り、私の右手をずっとレイモンドの右手が撫でているこの状況。

新婚ラブラブ夫婦の姿をお兄様に見せてほしいと言ったのは私だけれど、これ……とっても恥ずかしいわ……!!

「あぁ、仕事の相談ね。俺、ゼルの家は好きだけど、聖女は大嫌いなんだよね。あの地で働くなんて、あまり気が進まないなぁ」

そうだ。ライン兄様はこの国では珍しく聖女嫌いだ。

おそらく聖女に関するレイモンドの言動に私が傷つくのを見ているからなんだろう。

となれば、やっぱり聖女の聖地で働くのは厳しいかもしれない。

「大体、ロザリアはそれでいいの？　聖女大好き人間のために頑張るなんて。メリット、あるの？」

「聖女大好き人間て何だ!?　俺が好きなのは――」

「はい、ヘタレ殿下はちょっと黙っててくださいねー」

「うぐっ……」

「で、どうなの？　ロザリア」

再びお兄様の涼やかな瞳が私をまっすぐに見つめる。

「それは……。……でも、総合治療院が機能すれば、国民の暮らしが良い方向に変わってくれます。平均寿命だって延びるでしょうし、何より、治療院を探して長く苦しまねばならない人が減るんです‼　私は、レイモンドと一緒に国を良くすると決めました。だからどうか、私にお兄様の力をお貸しください‼」

私はライン兄様に頭を下げる。

「ロザリア……」

お兄様には何が何でも総合治療院で医者をやってもらいたい。

そうしたらきっと、総合治療院は想像以上に素晴らしい場所になるわ。

「ラインハルト。俺はまだまだ頼りない王太子だ。だが、あなたが大切に愛し守り通してきた彼女と共に、この国を良くしていきたいと思っている。そして彼女のことも……一生守り抜きたいと思っている。頼む。どうか力を貸してくれ」

「レイモンド……」

思いがけない言葉に、私はレイモンドを見上げる。

真剣なサファイア色の瞳はまっすぐにライン兄様へと向かって、堂々たる態度。

その姿はまさに次期国王のものだ。

一瞬の静寂が室内を支配して、時計の秒針の音だけがはっきりと感じられ、やがてライン兄様が口を開いた。

「はぁ……仕方ない。わかった、引き受けるよ」

「兄様‼」

「ラインハルト……‼　ありがとう‼」

これで総合治療院も何とかなりそうね。

良かった……‼

「ところで殿下。そろそろ俺の可愛い妹から離れていただけますかね？　ロザリアが減る」

「お兄様‼」

私は減りません。

「嫌だな。俺が俺の妻と何をしようと、義兄上《あにうえ》には関係のないことだ」

「れ、レイモンド⁉」

な、何をそんな恥ずかしいこと……‼

さっきからレイモンド、何か変だわ。

「義弟《おとうと》になったんなら義兄《あに》の言うことぐらい聞いていただきたいですがね。年長者の言うことを真摯に受け止めるのも、王太子として大切なスキルですよ？」

「年長者にしては随分余裕のないことだな、義兄上？」

ちょ、二人とも⁉

さっきから言葉が尖りすぎてない⁉

「俺は一時も離れたくないほどに妻のことを愛しているんでね。これくらいは見逃してくれ、義兄上殿？」

「っ～～～～っ⁉」

さらに強く抱き寄せられて、私から言葉がなくなっていく。

レイモンドにこんなことをされたのは初めてで、私は身体を硬直させる。

恋愛小説の効果ってすごい……。

どれだけレイモンドにこうされたいと願ったか。

少し恥ずかしいけれどこんな日が来るなんて夢みたい。

「……はぁ……。まぁ、大切にしてくれているならいいか。じゃあロザリア、俺はそろそろ帰るよ。残しているアドバイザーの仕事もキリがいいところまで終わらせるから、詳細がわかったらまた連絡して。これ、俺の今いる場所の住所」

サラサラとメモ帳に書いたものを破って、お兄様は立ち上がりそれを私に手渡すと、私達もそれに続いて腰を上げる。

「ありがとうございます、お兄様。よろしくお願いしますわ」

「ん。殿下が嫌になったら、いつでもおいでね。妹一人養うぐらいわけないからさ」

「そんな日は来ないから安心して結婚でも何でもしろ」

もう、本当にこの人達は……。

「殿下。これだけは覚えていてください。〝また〟俺の可愛い妹を泣かせるようなことをしたら……その時は誰が何と言おうと、ロザリアは俺が連れて帰りますんで、そのつもりで」

真剣にレイモンドを見つめてそう言ったライン兄様に、胸が熱くなる。

昔から、レイモンドと何かある度に泣きながら話す私の言葉をいつも真剣に聞いてくれていたライン兄様。

そしていつからか私は泣かなくなって、心は無になって――諦めた。

「あぁ。俺はこいつを悲しませるようなことだけはしない」

　レイモンドもまた、ライン兄様を真剣に見つめ返してそう答えると、兄様はふっと笑ってから、

「だってさ。良かったな、ロザリア。あらためて、結婚おめでとう。幸せになれ」と笑顔で私の頭をひと撫でしてから、そのまま応接室から出ていった。

　久しぶりに撫でられた頭がほのかに温かい。

　ありがとう、お兄様――。

　お兄様の思う幸せとは違うかもしれないけれど、私は好きな人といられて、幸せよ。

「……行ったな」

「行ったわね」

　二人残された応接室。

　ライン兄様が帰ったというのに一向に離れる気配がないレイモンド。

　何？

　何なの？

　何で離れないのレイモンド？

　それどころか、熱っぽい視線を向けてくるレイモンドに、私は戸惑いながらも声をかけた。

「れ、レイモンド？　兄様も帰ったことだし、そろそろ離れて――」

「嫌だ」

「い⁉」

　嫌だ……って……⁉

「嫌、って、もう兄様も帰ったんだから、新婚ラブラブ大作戦は終わったのよ？」

幼い子を諭すように声をかけるも、肩に回された手が離れることはない。

「お前は、俺にこうされるのは……嫌か？」

「は⁉　そ、それは……」

むしろ幸せだけど……とは口が裂けても言えない。

「いや、じゃないわ」

「っ……‼」

私が言うと何故かクラリとよろけるレイモンド。

その隙に私は彼の手から逃れるように身体を離す。ずっとあんな密着されていたら、どうにかなってしまいそうだ。

寝室は一緒で同じベッドで寝ているとは言っても、私とレイモンドの間はいつも枕一個分は離れているし、お互い外側を向いて寝ているから密着なんて慣れてない。

肩を抱かれたくらいでこうなんだから、初夜なんてとんでもないわね。

ある意味、初夜を拒否されて良かったのかもしれない。

「れ、レイモンド、私、行くわね‼　今日はありがとう。助かったわ。総合治療院の施設長には、あなたから連絡しておいて。それじゃ――‼」

「待て」

「っ⁉」

彼に背を向けて出入り口の扉に向かおうとした私は、瞬時に彼の腕によって拘束されてしまった。

すぐ背中に硬くて温かいレイモンドの胸板。

お腹へ回された手がくすぐったい。

これが噂の……バックハグ‼

前世でも今世でも恋愛小説でしか見たことがない高度なテクニックに、私は身体を硬直させる。

「れ、れれ、レイモンド？　ど、どうしたの？　こんな……突然……」

「突然じゃない。ずっと――こうしたかった」

「⁉」

ずっと……？

え、それって……レイモンドも私のこと……？

ドクン――……ドクン――……。

心臓が痛いくらいに脈打つ。

「どんな時も、俺がお前を守ると誓う。だからあんなやつなんか忘れて、俺と一緒にいてくれ」

――ん？

あんなやつなんか忘れて？

誰のこと？

「許されるならばもう一度、その愛らしい唇に口付ける栄誉を、俺に――」

もう一度？

私達、一度も口付けなんてしたこと……いや、ちょっと待って。

このセリフ、どこかで……。

考えている間にも私の身体はレイモンドの方に向けられ、ゆっくりとその美しい顔が近づいてくる。

「ちょ、ちょっと⁉」

唇が重なるまであと数センチ——……。

「愛している。俺の——ルクレツィア」

——ん？　ルクレツィア？

はっ……‼

「ダメーーーーーーっ‼」

ゴンッ‼

「ぐあぁっ⁉」

『あること』に気づいた私は、すんでのところで思いきりその恐ろしく端正な顔面目がけて渾身《こんしん》の頭突きをかました。

「～～～～っ‼」

あまりの痛みに鼻を押さえて蹲《うずくま》るレイモンド。

私も痛い。でもそれどころじゃないわ。

だってこのセリフ——。

私の一軍恋愛小説の一冊『幼馴染の王子様と結婚しました～私が他の人を好きだなんて誰が言ったの？～』の、一二五ページ‼

妻であるヒロインのルクレツィアが他の男を好きだと勘違いした王子の勘違い暴走キスシーン

じゃない‼

この人まさか……あのシーンを再現してただけ⁉

「レイモンドの……おバカぁぁーーーーっ‼」

私はそう叫ぶと、ひらりとドレスを翻し、応接室から飛び出した。


昼食時にレイモンドから「つい熱が入ってしまった、すまん」と申し訳なさそうに謝られたけれど、さっきのことが脳内でフラッシュバックして、私は何にも言えなかった。

あぁ言うのは演技なしにしてほしいわ。

……ちょっと、いや、かなり身がもたないだろうけれど。

彼の温もりを感じた背中が未だに熱を持って私を温め続けていたことは、レイモンドには絶対に言ってやらない。

【SIDE レイモンド】

「アホなんすか？」

「開口一番それかランガル。俺は仮にも王太子だぞ、仮にも」

「すいません。つい本音が漏れました」

少しも悪びれることなく言う目の前の護衛騎士をひと睨みしてから、「はぁ……」とため息をついて、俺は執務机に突っ伏す。

今日の午前中のラインハルトとの内談で、小説の登場人物を演じることにした俺は、話し合いが終わった後、その勢いでロザリアに愛の言葉を吐いていた。――のはいいんだが、ロザリアへの愛の言葉ではなく、小説に書かれたヒロイン【ルクレツィア】への愛の言葉をそのまま口にしてしまった。

最悪だ。

ロザリアに愛していると言えたのはいいが、その後『小説の』とはいえ別の女の名前を呼ぶなんて。

あれからロザリアが話をしてくれない。

昼食の席でも、こっちが謝っても何を言っても聞いているのかいないのか、俺を見ることなく黙々と食事をとってまた自分の執務室へ帰って行ってしまった。

これはまずいと思った俺は、自分の執務室で書類仕事そっちのけで、護衛騎士であるランガルに話を聞いてもらっていたというわけだが……。

聞き終わったランガルからは無情にも「アホ」呼ばわりされた。

「さすがに『愛してる』の後に他の女の名前呼ぶとか、愛想尽かされましたって、絶対」

「うっ……‼」

「ていうかセリフじゃなくて自分の言葉で愛してるが言えないとか、男としてどうなんすか？」

「うぐっ……‼」

「そういえば最近王太子妃殿下って、殿下がアレな発言してても突っかかったり喧嘩腰になることないっすよね。前は犬猿の仲ってのがぴったりなくらい、お互いに言い合ってたのに」

そう言えばそうだ。

初夜の時に少し不機嫌そうに言い返してきたくらいで、その後は特段何か文句を言ってくるわけでもなく、会話ができるようになっていた。

「仲が進展した、ってことか？」

だとしたら嬉しい。

が、次のランガルの言葉で俺は地獄に叩き落とされた。

「いや、言っても無駄だと見切りをつけられたって方が有力な気がするっす」

「ぐあぁっ‼」

こいつ、俺に何か恨みでもあるのか⁉

絶対俺のこと嫌いだろう⁉

ゼル帰ってきてくれ‼

やっぱり俺は、無愛想だけどこんな言葉の刃でグサグサ刺してこないお前の方がいい‼

「殿下、普通でいいんじゃないんすか？」

「普通？」

「殿下は王太子妃殿下が好きで好きで仕方ないけど、意識すればするほど聖女様と比べて貶《けな》すような真似しちゃったり、聖女様のうんちくしか話せなくなったり、嫌われるようなことばっかりしちゃうでしょ？」

「きら……ッ‼　ま、まぁそうだが……」

全く思っていないのに、ロザリアを前にすると貶すようなことを言ってしまうので、確かに嫌われても仕方がないのかもしれない、とは思う。ていうか絶対嫌われるよな、あんな態度続けてたら……。

あぁ、何かどんどん憂鬱になってきたぞ。

「なら、普通にしてたらいいんすよ。好きな人を意識するのは普通のことです。俺だって好きな女のことは意識して目も合わせられない時期だってありました」

想像つかんぞ。

こいつ女と見れば声掛けまくるタイプだろ。

「とりあえず、意識を別の方向にずらすんす‼」

「意識を別の方向にずらす？」

さっぱりわからん。

「わかるように言え」

「だぁーかぁーら‼　王太子妃殿下を意識するよりもまず、聖女様の話を極力しないっていう方に意識を向けるんす‼」

「聖女様の？」

「そう‼」

「だ、だが、ロザリアの可愛らしい表情や言葉を聞くとつい出てしまうんだ」

最悪の形の照れ隠しが。

「殿下」

ずいっと俺の方に顔を寄せてじっとりと睨みつける護衛騎士。

「な、なんだ」

「王太子妃殿下に離縁を突きつけられたいんすか？」

ロザリアに……離縁……だと……⁉

「いやだ‼」

無理。絶対無理。

ロザリアじゃないと無理。

ロザリア以外の女とかいらん。

「なら、聖女様ネタを禁ずることに意識を持っていくことっす‼　そうすれば、自然に話ができるし、距離だって縮まるはずっすから‼」

距離が？

ロザリアとの距離が縮まる、のか？

「……わかった。努力してみる」

ロザリアと普通に夫婦をやっていけるなら。

ロザリアが俺をこれ以上嫌わないでいてくれるようになるなら。

変わってみせる。

必ず‼

「んじゃ、とりあえず恋愛小説の読書は続けましょうね」

「何でだ⁉」

あれが今回の諸悪の根源だぞ⁉

俺に他の女の名前を呼ばせた書物だぞ⁉

「殿下は圧倒的に女心の機微《きび》に疎いので、恋愛小説で勉強しましょう」

「うぐっ……」

そう言われては返す言葉もない。

「それに……」

「それに？」

まだ何かあるのか？

もう俺の心はボロボロだぞ。瀕死状態だぞ。

「恋愛小説を借りにきたっていう、王太子妃殿下のところに行く理由ができるじゃないっすか」

「‼」

仕事中のロザリアのところへ行く……理由‼

そうだ。

それを会話の糸口にすることだって……。

「ランガル、お前、天才か」

「殿下頑張ってくださいよ‼　俺、応援してるっす‼」

「あぁ‼」

変わった俺を、これからの態度で示す‼

待ってろよ、ロザリア‼

＊　＊　＊

——翌朝。


恐ろしいほど綺麗な顔のアップにも慣れてきた気がする今日この頃。

長いまつ毛。

キリッとした眉。

艶のある金髪サラサラヘアー。

起きている時のレイモンドは（黙っていれば）完璧な王子様だ。

そんな彼が、綺麗な顔をだらしなく緩ませて、抱き枕を抱きしめて無防備な姿を晒して眠っている。

レイモンドのそんな姿を見ることができるのは、私だけ、なのよね。

そう思うと言いようもない優越感が湧き上がってくる。

レイモンドが今抱きしめて眠っている抱き枕は、この間私が気まぐれに刺繍して贈ったものだ。

王家の紋章のモチーフでもあるペガサスのシルエットを刺繍したそれを受け取った時の彼の顔は忘れられない。

だって、この上なく幸せそうな顔で「ありがとう。大切にする」って笑ったんだもの。

〝明日は雨だ〟

誰もがそう思ったその翌日から三日間、本当に大雨が降り続き嵐となったのだけれど、最近日照り続きで貯水率も下がっていたから、ちょうど良かった。

レイモンド様様だわ。

「……」

「くー……」

起きないわね。

やっぱり相当疲れてるのかしら？

同じベッドで寝ていても、色っぽいことなんて何もない。

昨日はライン兄様との内談後に、レイモンドが失言をしたのに腹が立って先に寝てしまったけれど、普段は毎晩ルーティーンのように寝る前まで仕事のことやその日一日にあった出来事を話しながら、時々レイモンドが晩酌をして、私は水でそれに付き合ってから眠る。

ただそれだけ。新婚夫婦らしいことなど何もない。

だけど隣で好きな人が眠ってそのぬくもりを感じられる毎日が、愛おしくてたまらない。

……それにしても……。

綺麗な肌ね。

羨ましい、いや、ここまで綺麗だと妬ましいわ。

こんなに眠ってるんだもの、少しぐらいならバレないわよね？

つん。

人差し指で、寝ているレイモンドのすべすべ柔らかほっぺをつつく。

つんつん。

「ん～……」

身じろぎするものの起きる気配がないレイモンドに、私の中にいたずら心が湧き上がる。

むにっ。

人差し指と親指で軽く摘まんでみると、さすがに綺麗な顔がくしゃりと歪められた。

起きちゃったかしら？　……大丈夫そうね。

今度は手のひらで、そのすべすべなお肌を撫でてみる。

「んっ……」

さっきまでの寝ぼけた声ではなく、若干色気を孕んだ声が漏れる。

「……んん……？　もっとしてほしいのか？」

何を⁉

「昨日の晩あれだけしてやったのに。仕方のないやつだな」

とろけるように甘い声。

一体誰と何をしてきたのかしら？

まさか早速浮気⁉

いや、でも待って。

いつも夜は毎晩私とずっと二人で話しているし、昼は最近は彼の執務室で仕事を手伝っているけど、そんな浮気をしているような暇はなかっただろうし……。

最近、陛下の仕事のほとんどを引き継ぐようになったレイモンド。

そもそも陛下が退位を決めたのは、王妃様と二人でゆっくり過ごしたいというのもあるけれど、最も大きな理由は陛下の目だ。

数年前から陛下の身体を蝕んでいった病は、少しずつ右目の視力を失わせた。命に別状はないけれど、ほとんど見えない状態での公務はなかなかハードだ。

だから次期国王のレイモンドが仕事を引き継いでいっている。

大変だけれど、二人で助け合いながら仕事に励む時間が、私は嫌いじゃない。

「レイモンド？」

彼の頬に手を当てて名前を呼ぶ。

「んんっ……」

「そろそろ起きて？」

「ん～……。嫌だ。もっと堪能したい」

一体あなたは何を堪能しているの？

でも本当に、そろそろ起きてもらわないと朝食の時間になってしまう。

「レイモンド、本当、起きて？　朝食に遅れちゃうわよ」

いつもは私が起こさなくてもすぐに起きるのに……。

相当疲れているのね。

「ん……うるさい」

「へ？　きゃあっ⁉」

寝ぼけたレイモンドは、私の腕を引いて、布団の中へと引き摺り込んでしまった――‼

ぎゅうぎゅうと私を抱きしめるレイモンドの筋肉質な腕。
レ、レレレ、レイモンドの匂い……‼

ち、近い……‼

吐息が耳にかかって、そこから熱が広がっていくみたい。

「ッ～～～～ッ‼　レイモンド‼　起きなさい‼」

「⁉　ロ……ザリ……ア……？」

私の大声に目をぱっちりと見開いて自分の腕の中を見下ろすレイモンド。

腕の中にいる私をしばらく見てから、私の身体にまわした自分の腕を見て、そして――。

「うあぁぁぁぁぁぁ⁉」

叫び跳び上がるレイモンド。

「ロ、ロザ、ロザリア……⁉　ほ、本物か⁉」

「偽物なんているの？」

「いない‼　いてたまるか‼　いたとしてもすぐわかる自信がある‼」

すごい剣幕だけど、何故か顔が真っ赤。

「寝ぼけるのもほどほどにして、早く起きて。朝食、遅れるわよ？」

私はできるだけ平静を装って言うけれど、心臓はうるさいほどにバクバクと音を立てている。

「ん……。あぁでも……もうちょっと……」

そう言って再び私を抱きすくめるレイモンド。

「ッ‼」

な……な……っ‼

「くー……」

ね、寝た⁉

さっき完全に覚醒してたわよね⁉

……はぁ……もう、そんな穏やかな顔で二度寝されたら、私まで眠くなってくるじゃない。

そうして私は、レイモンドの腕の中で人生初の二度寝をした。

その後、いつまで経っても起きてこない王太子夫妻の身を案じたゼルとランガルの声によって覚醒した私達。

清々しい朝の光が燦々と差し込む部屋に、互いの状況を見た私達の絶叫が木霊することになるのだった。


「それでね、変なのよ、最近のレイモンド」

私は今、レイモンドの執務室でゼルと一緒に彼の仕事を手伝っている。

そして当の本人は、護衛騎士のランガルを連れて陛下に書類の確認をしてもらいに出ていったところだ。

「変、ですか？」

「えぇ。最近すごく、何ていうか……普通の夫っぽいの」

「普通の、夫っぽい、とは？」

「聖女の話をしないのよ‼」

口を開けば一番に出てくる聖女の話を‼

前は会話の合間合間で必ずと言っていいほど聖女のうんちくが語られていたけれど、近頃はそれがない。おかげで最近は心が平和だわ。

「それは……あの恋愛小説が効いたのでは？」

「効きすぎじゃない⁉」

私が貸した恋愛小説の山を読破したレイモンドは、すぐにまた別のものを借りに私の執務室を訪ねてきた。それが数回続いて、もう彼に貸せる目新しい恋愛小説はなくなった。

そんなに気に入ったのかしら、恋愛小説。

「……ですが、良かったのではないですか？　お二人の仲が良好ならば、それに越したことはないのでは？」

「うっ……ま、まぁ、普通の夫婦ならそうなんでしょうけど……。でも、レイモンドの心が聖女にあるのに、あんな態度……。正直、困るわ。勘違いしそうになるもの。いつか離縁される時が辛くなるだけよ」

ただでさえ離れ難いほどにずっと好きでいるのに、これ以上夢を見せないでほしい。

いつか来るであろう『その時』を忘れそうになる。

もしかしたら、レイモンドも私を思ってくれてるんじゃないかって、淡い期待を抱いてしまう。

期待なんか、何度も裏切られてるっていうのに。

「そのことですが……王太子妃殿下」

眉を顰めてためらいがちにゼルが口を開く。

「なぁに？」

「……私は、あなたが以前秘密を打ち明けてくださった内容に全く疑いを持ってはいません。ですが……、もしかしたらあなたの知る物語とは少し違いがあるのではないでしょうか？」

「違い？」

「はい。例えば——このまま聖女が現れないということも有り得るのではないでしょうか？」

——聖女が……現れない？

「はい。あなたの知る物語では、本来聖女が転移してくるのは婚約中でしたね？　だけど現れなかった。ならばもしかしたら、聖女が現れないということもあるのではないでしょうか？」

「聖女が……現れない物語、ってこと？」

「はい。以前にも申し上げたように、その物語の妃殿下と今ここにいる妃殿下は全く別の性格のように思います。物事も、その物語と同じようには進んでいないようですし、聖女が現れないという物語も有り得るのではないかと。それならば、あなたは我慢する必要はないと思います。自分の気持ちと向き合い、殿下との仲を進めていくことも、一つの選択肢にしては？」

自分の気持ちと向き合って、レイモンドとの仲を進める——……。

いいのかしら、そんなこと。そんな、物語を変えるようなこと……。

「……あなたは誰ですか？」

「え……？」

「あなたは、ロザリア・フォン・セントグリア。王太子殿下唯一の妻であり、この国の王太子妃です。ならば、ロザリア・クレンヒルドとしてしか存在できなかった物語など関係ない。あなたはあなたの好きなように、ご自分の人生を生きてください」

「っ……‼」

私の……好きなように――……。

「……生きたい」

私も、私の思うように。

「……諦めたく、ない……。私の好きなように生きたい‼」

今まで心の奥底に沈んでいた思いが湧き上がってくる。

それを見て頬を緩ませるゼル。

何も言わないけれど、その笑みが彼の答えなんだと思う。

「ありがとうゼル‼　私、諦めずに、レイモンドに歩み寄れるように頑張ってみるわ‼」

最近、レイモンドが変わったことが好機だ。

聖女の話をしない。

優しく紳士的に接してくれる。

パートナーとして信頼し合うことができているであろう今。

少しずつ、少しずつ、私からも歩み寄ってみよう。

後ろ向きの未来ばかり見るのではなくて、レイモンドとの前向きな未来を――……。

「あなたの幸せが、私の幸せです。――さて、そろそろ陛下の部屋から殿下が帰って――……」

バンッ――‼

「帰った……ぞ……‼」

勢いよくドアを開けて入ってきたのは、何故かくたびれてヨレヨレになったレイモンド。

「ど、どうしたのレイモンド!?　疲れ切ってるみたいだけど……」

「疲れた。めちゃくちゃ疲れた。父上に確認を取るのはすぐに終わったんだが、帰り道にご婦人方の集団に出くわしてな。今日は母上に刺繍を教えてもらっているご婦人方が登城する日だったらしくて、運悪く……」

ああ、餌食になったのね。

顔面偏差値高いし、人当たりもいい彼は、令嬢だけでなく年配のご婦人方にも大人気だ。押しのけて帰ってくることのできないレイモンドの中途半端な優しさが、そういうのを助長させる原因でもあるのだけれど。

「……お疲れ様」

私がそう言って彼を見上げると、驚いたように目を大きく見開いて、レイモンドは「うぐっ」と唸った。

何なのその反応は。

「あ……」

「あ?」

「……ありがとう、ロザリア」

俯いてしまって表情はよく見えないながらも、その赤く染まった耳がレイモンドの今の感情を表しているようで、私の心にじんわりとした何かが広がっていったのだった――。

「ふんふんふーん♪」

カチンッという音と共にオーブンの小窓から見えていた火が消える。

「できた――‼」

黒く重厚な扉を開けると、天板の上には美味しそうにこんがりと焼き上がったクッキーが姿を現し、甘い香りが調理場を満たす。

今日はレイモンドは一人、公務で騎士団の訓練所に行っている。

騎士達の訓練を視察して、ついでに騎士団長に稽古をつけてもらうらしい。

「粗熱が取れたらラッピングをして、訓練所に持っていきましょう。あぁでも、まだいるかしら、レイモンド」

「この時間ですと、まだ騎士達の訓練も終わっていないかと」

「なら良かった‼　……レイモンド、喜んでくれるかしら？」

作ったはいいけれど、少し心配になってきた。

「聖女様が作ってくれたならきっともっと美味しいんだろうな」とか言われたら私、多分実家に帰るわ。

「大丈夫です。最近の殿下なら、きっと素直に喜んでくださるでしょう」

「……だといいんだけど……。それにしてもレイモンドが羨ましい。私もたまには剣の稽古を団長につけてもらいたいわ」

私は王妃教育の一環として、レイモンドと婚約してからずっと剣の稽古をしている。いざという時、夫を守れるように。

夫は自分の力で妻を守れるように。

お互いに守り合えるようにと、この国の王と王妃は剣をある程度扱えるようにしておかなければならない。

「もう十分お強いでしょうに。幼少期より大変努力なさってこられたのですから。あなたは」

「ふふ、ありがとう。騎士団長が熱心に稽古をつけてくれたおかげよ」

小さい頃の私は、いずれ婚約破棄され追放された時には冒険者になれるようにと、精一杯自分を鍛え上げた。筋トレは毎日欠かすことなく行い、剣技も毎日レイモンドやゼルと一緒に、騎士団長に稽古をつけてもらった。

この世界で生き残るためだと真面目に稽古にのめり込みすぎてしまった私は、今やそんじょそこらの騎士よりも強い【剣豪王太子妃】になってしまった。

「でもその代わり、女なのに手は剣だこだらけなのよね。心なしか他の御令嬢よりも筋肉質で硬い気もするし。はぁ……ふわふわすべすべの手になりたいわ」

力と引き換えに令嬢らしからぬ手になってしまったのが難点だ。

今更どうにもできないけれど。

「そうですか？　私はそのままで十分美しいと思いますが……」

「っ……あ、ありがとう……」

ゼルって本当、時々無意識に甘い言葉を吐くから厄介だわ。

恐ろしい人…‼

「あ、もう粗熱も取れたみたい。急いで包んでレイモンドのところに行きましょう‼」

訓練場へと向かった。

「はい」

私はせっせとラッピング用の紙でクッキーを包みリボンで結ぶと、それを持ってゼルと一緒に訓練場へと向かった。

キンッ――‼

「っ‼」

「はぁっ‼」

ザッ――‼　――カンッカンッキンッ‼

「あぁっ、もうレイモンドと騎士団長の稽古が始まってる‼　って、レイモンド押されてるじゃない‼」

さすが騎士団長。

王太子相手だからといって手を抜くことのない厳しさは昔と変わらない。

「レイモンド様ぁー‼」

「頑張ってくださいましぃーっ‼」

向こうで見学の令嬢達が黄色い声援を送っている。

「……相変わらずモテモテね、あの男」

私の応援なんていらなそうね。

彼女達の手には綺麗にラッピングされた包みがある。きっと稽古が終わったら高級菓子店ででも買ったであろうお菓子を渡すんだろう。

私のクッキーは無駄だったようだ。

たくさんの中の一つになるなんて絶対に嫌だ。

作らなきゃ良かったわ。

でも最近レイモンド、疲れてるから、彼の好きなクッキーを作りたかったのよね。

少しでも歩み寄りたくて。

少しでも力になりたくて。

それが突然、全部無意味に思えてきて、私は俯いた。

「……来なきゃ良かったわ」

私が思わずぽろりと弱々しく言葉をこぼすと、背後に控えていたゼルがそれを聞き逃さずに拾い上げた。

「王太子妃殿下、自信を持ってください。諦めずに歩み寄るのでしょう？」

「っ……‼」

そうだ。諦めないって決めたばかりなのに。

私ったら卑屈癖が直らないんだから……‼

「ありがとうゼル。そうね。そうよね……‼」

私は一度息を吐き切って、それから大きく吸い込むと――。

「レイモンドーーーー‼　頑張ってーーーーー‼」

出せる限りの大声で彼に声援を送った。

「っ‼」

一瞬、レイモンドのサファイア色の瞳と視線が交わって、そして――。

「はぁぁぁあっ‼」

カァァァアン――ッ‼

レイモンドがかけ声と共に剣を振り下ろす。

カランカラン、と音を立てて払い落とされ転がる――騎士団長の剣。

やった……‼

レイモンドの剣が、騎士団長の剣を弾いた‼

稽古を終えて、レイモンドがランガルから受け取ったタオルで汗を拭きながら私に視線をよこすと、彼はこっちへ迷わず歩き出した。

レイモンド……気づいてくれた……‼

嬉しさに飛び上がりそうになる気持ちを抑え、私はレイモンドが来るのを、彼から視線を逸らすことなく待った。

が……。

「レイモンド様、お疲れ様でしたぁ‼」

「素晴らしい剣技でしたわぁ‼」

「さすが王太子殿下ですぅっ‼」

令嬢達がすぐさまレイモンドに駆け寄って彼を取り囲んでしまった。

ここに妻がいるにもかかわらず、わかっていてあからさまな妨害……。

舐められてる。

完全に舐められてるわ。

ある程度王家に近い人達は、喧嘩ばかりだった婚約中の私達のことを喧嘩するほど仲がいいと微笑ましく見ていたけれど、一部の貴族の中には、王太子と王太子妃は不仲だから自分の娘に妃として寵愛を受けるチャンスがあると思っていた者は多い。

そしてそういう親の娘達もだいたいは同じように期待を持っていたし、自分が選ばれるという自信を持っていた人間ばかりだ。

結婚してからは喧嘩も減ったし、レイモンドも妻を強調して回っているからか、そんな声は少なくなったけれど……まだこんなのもいたのね。

どうしようかしら。

人当たりが良くて皆に優しいレイモンドだもの。

きっと一人ひとり丁寧に話を聞くわね。

彼のその態度がまた誤解を招く一因になっているとも知らないで。

うん、帰ろう。見たくない。

「ゼル、行きましょ」

「は？　いや、しかし……」

ゼルを連れて訓練場から出ようとしたその時。

「すまんが、それらは受け取ることはできない。俺には――」

カツカツとブーツのかかとを鳴らし、令嬢達の壁を退けて私の方へと歩いてきたレイモンドは、がっしりと私の肩をホールドして――

「――俺には【これ】だけあればいい」

そう言って私に微笑みかけた。

「〜〜〜〜〜〜〜っ⁉」

一体どうしたのレイモンド⁉

キャラが……キャラが違うわ‼

あなた、見た目だけイケメンキャラで本当はヘタレのはずでしょう⁉

心と言動までイケメンになってどうするの⁉

「……何か失礼なこと考えてるだろう？」

じっとりと私を見下ろすレイモンド。

「い、いいえ？　別に……」

「まぁいい。それは俺のだな？」

レイモンドはめざとく私が持っている包みを見つける。

「え、えぇ。お疲れだと思って……」

「……もしかして、手作り？」

「えぇ。久しぶりに作ったから、お口に合うかどうかはわからないけれど……クッキーを焼いたの。その……あなた、チョコチップクッキー好きだったでしょう？」

私が言うとレイモンドの息を呑む音が聞こえて「覚えてたのか……」とつぶやいた。

当たり前だ。

だってこれは、私と彼の出会いの思い出だもの。

「……もらう」

私から包みを奪い取り、その場で開けるレイモンド。

今食べるの⁉

「あ、すまん。手、汚れてるから、食べさせてくれ」

はいぃっ⁉　た、食べさせ……て……⁉

「た、食べ……食べさせ……食べさせてって……‼」

「仕方ないだろう。汗と泥だらけなんだ」

じゃぁ後にすればいいでしょうにーっ‼

「ほら早く」

「うっ……わ、わかったわよ‼」

もうどうにでもなれ‼

ドキドキしながらクッキーを一つつまむと、私はレイモンドの薄く形のいい唇へと運んだ。

ぷ、ぷるぷるする……‼

「はむっ」

レイモンドが大きな口を開けてクッキーをぱくりっ。

サクサクといい音が私にも聞こえてくる。

「ん。うまい」

「っ‼　本当に⁉」

「あぁ。やっぱり俺は、お前が作ったクッキーが一番いい」

とろけるような笑みを浮かべるレイモンドは、まさしくキラキラ輝く王子様。

「〜〜〜〜っ‼」

私の心臓、多分今、ショートしたわ……。

私はそのままご機嫌なレイモンドに支えられるように肩を抱かれたまま、訓練場を後にするのだった。

【Side レイモンド】

「はぁ〜〜〜〜……。俺の妻が可愛すぎて辛いっ‼」

「それ前にも聞きました殿下」

くそ、ランガルめ。

俺の脳内のロザリアにランガルが混ざってくるな。

ロザリアが減る……‼

「でも、さっきの殿下、すごい良かったっすよ。自然に乙女心鷲掴みにしてる感‼　何か最近の殿下、いい感じじゃないっすか？　王太子妃殿下相手でも嫌味で返すことがないし、聖女様の話、ちゃんと封印してるし」

「そう、なのか？　自分では聖女様の話を封印することを意識しているだけで、あとは特に何をしているつもりもないんだが……」

「無意識っすか……。やっぱり一番は聖女様が原因か……」

「だが、それだけであんなロザリアの可愛い姿を拝めたんだ。見たか？　あの頬を染めて上目遣いで俺にクッキーを食べさせて……あぁいや、お前は見るな、ロザリアが汚れる」

「あんたなぁ……」

それにしても――。

あいつ、俺の好きなもの覚えてたのか。

ロザリアが作ったチョコチップクッキー。

小さい頃、よく作ってくれたんだよな。

サクッと砕けてホロッととろける、優しい甘みの中にほんのりと効いた塩み。

「あの頃と何一つ変わらないな」

「あの頃？」

「あぁ……。まだロザリアと出会う前、俺は社交という名の下に、連日同年代の貴族の子どもを集めたお茶会に出席させられていたんだ」

「お茶会、すか？」

「あぁ。連日のお茶会に、媚びることしか頭にない奴らの相手。その時の俺は、それはもう、うんざりしていてな。だから、ある日こっそり抜け出したんだ」

「うわっ‼　護衛騎士泣かせのやつじゃないすか‼」

うっ……。それを言われると罪悪感しかないが……。

「ま、まぁ、その時な、ちょうど仕事で登城したクレンヒルド公爵について、ロザリアが来てたんだよ。んで、庭園の隅の方で膝を抱えてる俺を見つけた」

可愛らしい大きくてまんまるのアメジスト色の目は今も鮮明に覚えてる。

だけど茂みから現れた彼女はまだ四歳だったが、俺にはただただ敵（大人）が送り込んだ刺客にしか思えなかった。

「王太子妃殿下お一人だったんすか？」

「あぁ、迷子でな」

「迷子⁉」

「クレンヒルド公爵の仕事が終わるまで、別室で待っている予定だったのを、一瞬の隙をついて抜け出したんだと」

「わぁ……やんちゃだったんすね、王太子妃殿下」

今ではしっかりもので完璧な淑女であるロザリアだが、昔は天真爛漫でおてんばだったからな。

今の姿からは想像もつかんだろう。

お茶会に来るような貴族の子ども達は、みんな俺に気を遣って、おべっかを言う奴らばかりだった。でもロザリアは最初から普通に話しかけてきたんだ。それどころか、ちょっと生意気で、どこか大人びて、そして一線を引いている感じさえした。それが余計に俺の興味をそそった。

「庭の隅っこで、二人で座って、しばらく話し込んだ」

忘れもしない。

俺の第一声は『お前、刺客か？』だ。

我ながらひねくれたガキだったと思う。

だけどあいつは『そうぞういじょうにひねくれてますね、でんか』って、大人びた口調で言ったんだ。でもそれで、俺の警戒心はなくなったも同然だった。

「気づけば俺はあいつに、まだ四歳の幼女に、弱音や愚痴を吐いていた」

「わぁ……ヘタレ」

「うっさいわ。……んで、あいつは聞き終わってからな、持っていた包みからクッキーを一つ取り出して、俺の口の中に突っ込んだんだ」

今も鮮明に思い出される。

それはもう思い切り奥まで突っ込まれて死ぬかと思った。


『ゴフッ‼　むぐぐっ（お前、何をっ）……‼　……ん……これは……美味しい……‼』

『つかれたからだには、あまいものと、てきどなしおみがいいんですよ。おつかれさまです、でんか』


お茶会に招待されている他の子どもよりも小さな女の子なのに、他の誰よりも大人びたロザリアから、思わず目が離せなくなった。

「可愛い初恋だったんすね」

「あぁ。それからだな。ロザリアを遊びに誘うようになって、元々俺の幼馴染でもあったゼルがロザリアとも親しい幼馴染だってことを知って、三人でよく遊ぶようになった」

ロザリアは大人っぽいゼルに懐いていて、俺はよく嫉妬してたんだよな。

「その頃は普通に遊べてたんすか？　拗らせることなく？」

こいつ、ズケズケと……。

「ま、まぁ今よりは……。元からあまり女性と話すのは得意じゃなかったから、愛想良くはできなかったが……。だんだんロザリアを意識していくうちに拗れ始めた、って感じだな」

だんだん愛らしさと美しさを増していったロザリアが悪い。

結婚してからもその魅力は増す一方で、毎日俺の理性は試されている。

「殿下、思春期男子っすね」

「うるさい」

俺がランガルをジロリと睨みつけた刹那、――コンコンコン――。

「ゼル・スチュリアスです」

ノック音と共に聞き慣れた男の声がした。

ゼル？

ロザリアも一緒か？

俺はすぐにだらけ切っていた姿勢を正し、「入れ」と入室を促した。

「失礼します」

生真面目な奴の性格を表すかのように、返事を待ってから丁寧にドアを開け入ってきたゼル。

ん？　ゼル一人か？

「どうした？　ロザリアに何かあったのか？」

悔しいが護衛騎士であるゼルは基本的にロザリアと常に行動を共にする。その彼女が一緒にいないことに疑問を抱き、そのままゼルにぶつける。

「いえ、何も。妃殿下は今、今度開かれる舞踏会のドレスの最終確認を行っておいでです。その間に、殿下に申し上げたいことがあり、やってまいりました」

「申し上げたいこと？」

こいつが独断で俺のところに来るなんて珍しい。

護衛対象であるロザリアから離れてやってくるなんて、よほどのことでもあったか。

「はい。狸どもに動きがあります」

「‼」

――狸。

俺に自分の娘を娶らせようと目論むオヤジどものことだ。

結婚前は会えばすぐに言い合いに発展していた俺とロザリア。

大多数の者は「喧嘩するほど仲がいい」と言っていたものの、それを微笑ましく見ていてはくれない者も確かにいて、中にはチャンスだと取る者もいた。

だから俺は、結婚後もそいつらの動向を常に気にしていた。

全く……、俺はロザリアにしか興味がないんだから、諦めればいいものを。

「で？　奴ら何て？」

「それが……妃殿下の懐妊がまだなのは、やはり仲がうまくいっていないからだ。ならば他の令嬢をあてがうしかない、と」

は？　かい……にん？

「かいにん……って……」

「殿下、妊娠のことっすよ」

バコンッ――‼

「わかっとるわ‼」

「ってぇ～～っ‼」

俺は持っていた分厚い本で隣の護衛騎士の側頭部を殴った。

ったくこいつは……。

でも懐妊って、まだ結婚して三ヶ月だぞ⁉

気が早すぎだろ‼

「そんなすぐできるわけないだろう。一年も待てんのか奴らは」

まぁ、初夜ですら何もしてない俺達に子どもができるわけがないのだが……。

あぁ……何か虚しくなってきた。

あの日の俺の馬鹿野郎。

何で我慢したんだ。

「まぁ、そもそもチューすらできてないですもんね、殿下。この調子だと歳を取ってじいちゃんになるまでチューもできなそうですし」

バコンッ――‼

「ってぇ～～～～っ‼」

「不吉なことを言うな‼」

進展なしのまま老後を迎えてたまるか。

「事実っしょ!?」

この護衛騎士、本気で解雇してやろうか……。

「はぁ……ランガル、話が進まない。少し黙っていろ」

呆れたようにランガルを諌め鋭い視線を突き刺すゼル。

よしゼル。やっぱりお前しかいない。

戻ってきてくれ。

「殿下、何はともあれ、お気をつけを。食べ物、飲み物、人間、あらゆるものにご注意ください。媚薬など仕込まれ、女性をあてがわれでもしたら大変なことになりますので」

たとえ仕込まれたとしても他の女には興味はない——が、注意はしておいた方が良さそうだな。

「あぁ、わかった。わざわざすまないな」

「いえ。妃殿下のためですので」

そうだこいつ、俺と同じでロザリア命だった。

「では、用件はそれだけですので、私は妃殿下の護衛に戻ります」

「あぁ、ロザリアをよろしく頼む」

ゼルは流れるように綺麗な動作で一礼をしてから、俺の部屋の扉を開けた。

こういう丁寧さを俺はランガルに求む!!

だが部屋から出る前に、ゼルは一度だけ俺を見て一言こう言った。

「あの方を悲しませでもしたら、わかっていますね？　レイモンド」

「っ!!」

赤く光る鋭い視線が今度は俺に突き刺さる。

「失礼いたしました」

そう言ってゼルは、また静かに部屋の扉を閉め、ロザリアの元へ帰っていった。

『レイモンド』

あいつに名前で呼ばれたのは子どもの頃以来だ。

あれは……本気で釘を刺してるな。

悲しませでもしたら……か。

いや、絶対に悲しませはしない。

ロザリアは、俺が幸せにしてみせる。

＊　＊　＊

今日は王家主催の舞踏会が開催される。

結婚して初めての舞踏会。

王族の誕生日や何かの記念日でもない日に行われる舞踏会は、何らかの重大な発表があると捉えるのが一般的で、貴族達は皆ここのところソワソワと落ち着かない。

そして私は、数日前から緊張が絶えず胃薬が手放せなくなっていた。

王妃様と一緒に招待客リストの整理や食事の打ち合わせをしたり、会場の飾りを考えたりするのは楽しかったのだけれど、私は元々舞踏会などの夜会が好きじゃない。

蘇る夜会での記憶――。

いつもよりも綺麗に着飾ったドレス姿に対してレイモンドに、『そんなに肩を出して……。聖女様みたいに清楚な格好はできないのか？』とか言われるし。

私が少し外している間に、レイモンドは他の令嬢に囲まれてヘラヘラと談笑してるし。

どこぞの貴族のおっさん達はしれっと自分の娘を側妃にしようとアピールしてくるし。

しかも私が色々と言われてても、レイモンドはにこやかに話を聞いて『御令嬢のような可愛らしい方と俺では釣り合わないからな』って、相手を褒めていつの間にか話を終わらせる。

それが彼なりの穏便な収め方だとしてもやっぱり聞いていて気分のいいものではないわ。

そしてそんな誰にでも優しい態度が、そういう人達に「やはり王太子妃では満足されていないようだ」って思わせているのを、きっとレイモンドは知らないいんだろう。

「ね、ねぇゼル、どうかしら？　変じゃ……ない？」

身支度を終えた私は、長い金色の髪に触れながら、レイモンドの髪色でもある金色の糸で細かな刺繍がされたボルドー色のドレスをひらりと翻し、ゼルにも確認する。今度こそレイモンドにあんな風に言われないように、念入りにチェックしなきゃ。

それこそ文句のつけようがないほどに。

あぁ……胃が痛いわ。

「大丈夫です、王太子妃殿下。……いつも通り、とてもお美しい」

ゼルだけだわ、私の癒しは……‼

「ゼル……‼　あなただけはいつまでも私の癒しでいてね……‼」

「？　は、はぁ……」

何かあったら後でゼルに慰めてもらいましょう。

昔から、無表情だけど何だかんだと甘やかしてくれるゼルは私の唯一の癒しだ。

コンコンコン――。

準備が完了して、後はレイモンドが迎えにくるのを待つだけ、というところで、タイミング良く扉を叩く音がした。

「ロザリア？　入ってもいいか？」

レイモンドの声だわ。いよいよね。

「ええ、入っていいわよ」

私が返事をすると、カチャリと音を立てて大きな扉が開かれた。

「‼」

「‼」

何このレイモンドのキラキラ感……‼

こんな美しい造形をした人が、一時《いっとき》とはいえ私の夫だなんて……。

思わず神に感謝したくなるほどだわ。

青と白を基調とした舞踏会用の礼服姿には、私の瞳の色であるアメジストのブローチが光っていて、少しだけむず痒い。

相変わらず、舞踏会の時のレイモンドは一際キラキラしてる。

私なんかがこの外面完璧王子の隣に立っていていいのかしら、と思ってしまうほどに。

あぁ、目に毒だわ。

「……」

「……」

お互いがお互いに見入った状態でしばらく動けないでいた私達。

だんだんと冷静になってきた頭でレイモンドをあらためて見る。

あれ？　な、何だかものすごく見られてる？

微動だにせずに、ただただ私をぼーっと見つめるレイモンド。

何⁉　や、やっぱり変だったのかしら？

なんなの……？　何か言ってーーーーっ‼

「レイモンド？」

「はっ‼　あーっと……、ふ、ふんっ。今日もそんなに肩を出して、たまにはお前も聖――」

「ゴフンゴフンゴフンッ‼」

レイモンドの言葉の途中で、彼の背後に控えていたランガルが大きく咳払いをすると、ハッとしたレイモンドが何故か一度大きく深呼吸をして、あらためて口を開いた。

「そ……その…………。すごく、いいと思う。その格好」

「へ？」

聞き間違い？

褒めたの？　この人。

絶対「たまには聖女様みたいな清楚なイブニングドレスを選べ」と言われると思っていたのに。

ていうか、前までならきっと、そう言っていたわね。

一体どういう風の吹き回しなのかしら。

……でも……嘘でも嬉しい。

「ありがとう、レイモンド。……れ、レイモンドも、とても素敵よ。その……王子様みたい」

私ったら何言ってるの⁉　この人一応王子よ⁉

正真正銘本物の‼

私がぎこちなく微笑みながら、当たり前のことを思ったままに口走ると、レイモンドは「うぐっ」と変な声を上げ、口元を手で覆って蹲ってしまった。

……何やってんの、この男。

「あ、あぁ……。ありがとう」

私のおかしな発言に頬を赤くしながら返すレイモンドは、やっぱりおかしい。

「殿下ぁ、妃殿下呼びにきたんでしょー？　そろそろ行かなきゃ遅刻するっすよー」

割って入ったランガルの呆れ声に、レイモンドは我に返ったように瞬きをして、私に向かって手を差し出した。

「ロザリア、行こうか」

突然にスイッチが入ってキリリとした表情になったレイモンドの姿を見て、私の意識も現実に返り「えぇ」と小さく返事をしてから、差し出された彼の手に自分のそれを重ねた。

行きましょう。

戦場へ――‼

煌びやかなホールの中央で、レイモンドとダンスを踊る。

「結婚式の後の舞踏会以来か」

「そうね。三ヶ月ぶりだけど、リードの仕方、忘れてないみたいで安心したわ」

「そう言うお前こそ、見事なステップだ」

「お互い仕事ばかりしていたのに、勘は鈍ってなくて良かったわね」

優雅で流れるような音楽に合わせてクルクルと踊りながら、私達は会話を楽しむ。

小さな頃は幾度となく足を踏まれたけど、今ではどの貴公子よりもスマートなリードをするようになったレイモンド。

輝く光の中で踊るレイモンドはやっぱり王子様感増し増しで、真剣に私だけを見つめるサファイア色の瞳や、小さい頃はあんなにひょろっとしていたのにいつの間にか男らしくなったその引き締まった胸板は、直視し続けると目が潰れるんじゃないかと思うほどに眩しくてカッコいい。

彼と踊る時間は好きだ。

余計なことを言う人もいない。

アピールしてくる令嬢もいない。

視界の中にいるのはただお互いだけ。

周りの入る隙を与えないダンスを踊っている時だけが、唯一心から楽しめる時間だ。

「クレンヒルド公爵と奥方も来ているんだろう？」

「ええ。それにお兄様達も揃っているわ」

レイモンドと舞踏会の会場へ入場する際、大勢の招待客の中で懐かしい家族が笑顔を向けてくれているのを見つけて、安心してホッと息をついたのは内緒にしておこう。

今日の舞踏会は王位についての発表を行うためのものだろう。

それ故ほとんど全ての貴族に招待状を出し、彼らが一堂に会しているのだから、さすがにこういう場に慣れている私であっても緊張もする。

ここにいる皆、何が発表されるのだろうか、王太子や王太子妃はその内容を知っているのだろうか、と興味津々といった様子だ。

おかげでいつもよりもさらに視線が突き刺さるし、居心地はあまりよろしくない。

そして人が多い分、自分の娘を売り込みたい人達もアピールに余念がない。

あからさまにギラギラとした視線をレイモンドに送っている者もいるくらいだ。

「そうか……。ミハイルとラインハルトも……。なら、これが終わったら二人で挨拶に行くぞ。で、たまにはゆっくり話せ」

「いいの？」

「あぁ。俺はその間、他の奴らに挨拶してくるから」

お父様とお母様とゆっくり話をするなんて久しぶりだわ。

ミハイル兄様だってそう。

でも――。

「いいえ。私、あなたについているわ」

「は？　いや、でも……」

どうせ面倒な人達の相手は自分一人で終わらせようとしているんでしょうけれど、私が隣にいないとなると、余計にそんな人達が調子づきそうだ。それに、レイモンドが他の令嬢を褒めるのを見るのは嫌だけれど、自分のいないところでそれをされるのはもっと嫌だ。

「いいの。それよりも、夫婦仲のいいところを見せつけておいた方が、後々のためにもなるでしょう?」

「……あぁ、まぁ……そう、だな」

本当は私がレイモンドから離れたくないだけだけど。

ダンスが終わって、招待客と挨拶を交わしていく。

「殿下、王太子妃殿下、お招きいただき感謝いたします」

お父様、お母様、ミハイル兄様だ。

ミハイル兄様の隣にいる長身の美女はミハイル兄様の婚約者のベルヘミーナ・ラング伯爵令嬢。来月結婚する予定で、一年前から公爵家で花嫁修業として一緒に暮らしていて、私とも仲良くしてくれる優しくて素敵なお義姉さまだ。

「あぁ、よく来てくれた。俺と公爵とミハイルは仕事で顔を合わせることもあるが、ロザリアは久しぶりだろう?」

「ええ。お父様、お母様、ミハイル兄様、ベル義姉様、お久しぶりです」

「お元気そうで何よりです、妃殿下」

穏やかに細められる父の目。

少し見ない間に皺が増えたかしら?

まぁそれでもうちのお父様は最高にイケメンだけれども。

「妃殿下、身体を壊したりしていませんか？　大変な目にあったりは――」

「これライア」

「あ、あら、ごめんなさい、つい……」

お互いの立場上、少し距離を感じる話し方だけれどお母様が心配してくれているのはよくわかる。いつもはお父様が心配ばかりして、諫めるのはお母様なのに、変な感じ。

でも、離れていても私のこと、思ってくれてるのよね。

そう思うと、胸がほっこりと温かくなる。

「ありがとうございますお母様。おかげさまで、毎日充実した日々を送らせていただいております」

王太子妃としての執務が多くて大変だけれど、レイモンドと一緒に一つの仕事をやり遂げた時なんかは言いようのない達成感に包まれる。思わず淑女のマナーを忘れてハイタッチしたくなるほどには、ね。

あれ？

これって夫婦？

いやいや、パートナーよね、ビジネスパートナー。

夫婦らしくなくても、いい関係が築けてはいる……はずだわ。

「そう……良かった……」

ほっと胸を撫で下ろすお母様。

「妃殿下、またいつでも、何かあれば、いや、なくとも、手紙をくださいね」

なくても!?

ミハイル兄様、笑顔が爽やかなだけで圧がダダ漏れです。

「え、えぇ、必ず。ベル義姉様、来月の結婚式、とても楽しみにしていますね」

「ありがとうございます、妃殿下。私も、また妃殿下に会えるのを楽しみにしていますわ」

またゆっくりベル義姉様とお茶を楽しんだりしたいけれど、残念ながらしばらくは執務優先だから難しそうね。

「おっ、皆集まってたんだ」

声のする方を振り返ると、私の後ろの方からライン兄様がにこやかに歩いてきた。

「ライン兄様」

完成した総合治療院で働き始めたライン兄様。

患者さんの評判も良くて、私の耳にもその活躍はよく届いている。

「ラインハルト、来てくれて嬉しいよ」

「俺の方こそ、可愛い妹の姿を見ることができて良かったですよ殿下。目的も達成したことだし帰ろうかな」

ギリギリと固い（固すぎる）握手を交わしながら、二人はにこやかに睨み合う。

こんな場所でもライン兄様は変わらずライン兄様で、少し安心する。

「まぁ待て、そろそろ陛下が――」

レイモンドが言いかけたところで、玉座に座っていた陛下が立ち上がり、会場いっぱいにラッパの音が響き渡った。

噂をすれば……ついに陛下の話が始まるようね。

それまで歓談していた人々が一斉に玉座に視線を向ける。

「皆、今日は集まってくれて感謝する。楽しんでくれているかな？」

レイモンドと同じ色の目がぐるりと会場を見渡す。

陛下は本当に、レイモンドそっくりよね。いや、レイモンドが陛下そっくりなのか。

レイモンドももっと歳を重ねたら、こんな威厳に満ち溢れた殿方になるのかしら？

……ううん、想像できないわ。

「今日このような場を設けたのは、重大な発表があるからだということは皆気づいておるだろう。心の準備はできているであろうから、このまま発表させてほしい」

しん――、と静まり返る会場ホール。

そして陛下はゆっくりと口を開いた。

「私は、今年の聖星《せいせい》の日を以《もっ》て、退位することとなった――!!」

「!!」

陛下が高らかに宣言した途端、会場はざわめきに包まれた。

それもそうだ。だって陛下はまだ四十代と、退位するにはとても若いんだもの。

この発表をするだろうと予想していた私達だって驚いている。

まさか聖星の日に退位だなんて、思ってもみなかったわ。

――聖星の日。

半年後、年に一度の聖なる日だ。

初代聖女ミレイと王子が結婚したその日、空から幾千もの星が流れてきたという。それは後に【奇跡の日】と呼ばれ、やがて聖星の日と制定された。

その日は特別な日で、皆、愛する人に感謝を伝え、プレゼントを贈りあったりする。

半年後……まさかそんなに早くに退位することになるだなんて……。

「退位と同時に、我が息子レイモンドが国王に即位し、王太子妃であるロザリアが王妃となり、この国を導いていくことになる。――レイモンド、ロザリア、ここへ」

突然に呼ばれた私達は互いに顔を見合わせてから、動揺を隠し背筋を伸ばし、レイモンドのエスコートで前へと進み出ると、壇上の陛下の元へ向かう。

私達二人を見ると、陛下は一瞬だけ頬を緩め、また会場へ視線を向けた。

「レイモンドもロザリアも、結婚して三ヶ月。私の仕事をほとんど担ってくれ、すでにたくさんの問題も解決しいい方向へと導いてくれている。きっと、良き王と王妃になることだろう。皆、若い二人をよく支えてくれると嬉しい」

陛下の言葉に、静まり返る場内。

私達が王と王太子妃では不服、なのかしら。

そんな卑屈な気持ちが一瞬頭を過《よぎ》るも、次の瞬間、一つ、また一つと拍手がパラパラ起こり、やがて一瞬の静けさは大きな拍手へと変わり、会場は祝福の渦に包まれた。

そして華やかな音楽と共に舞踏会は再開される。

にこやかに談笑しつつ皆半年後には王と王妃になる私達を祝ってくれた。

ついに王妃に――。

今まで以上にしっかりとレイモンドを支えていかないと。

それに【あの問題】も……どうにか考えないといけない。

「ところで妃殿下はお世継ぎの懐妊の兆しなどはまだないのでしょうかな？」

「うちのセレナなど、安産型で丈夫な身体だと評判でして、この通り美しい娘です、もしお困りでしたら――」

ああ、始まったわ。

【あの問題】――【お世継ぎ問題】についての言及。

王太子妃に満足していないのならば自分の娘を、っていう人達。

どうせまたレイモンドも否定することなくにこやかにごまかして終わらせるんだわ。

あぁ本当、胃が痛い。

後でゼルに胃薬をもらわなきゃ。

「うちのアリシアだって負けてはおりませんぞ？　愛らしく男を立てる最高の女に仕上がっております。殿下、いかがで――」

「そうだな。どの御令嬢も愛らしい」

ほらやっぱり。

いつもと同じだわ。

「だが――」

「!?」

突然私の身体をレイモンドがぐっと引き寄せた。

「俺はロザリアがいい。他はいらん。彼女は俺の唯一だ」

「レイモンド――……」

「それに、俺には彼女以上に愛らしい女がいるようには思えんからな。お前達が知らぬだけで、誰よりも魅力的だ――俺の妻は」

そう言って色気を纏ったとろけるような笑みを浮かべ、私を見下ろすレイモンド。

レイモンド……。

それ――それって――……。

「そ、そうですか、いやはや要らぬ気遣いだったようですな‼」

「は、はは、失礼しました。では私達はこれで……‼」

レイモンドの色気にやられたのか、赤い顔をしてそそくさと去っていく貴族達。

「……」

「……」

「レイモンド」

「……」

「『初対面の王太子の妃になりましたが何故か溺愛されて困ってます‼』の一八二ページ、よね？　それ」

「うぐっ……」

この男……。

やっぱり小説の中のセリフでしかこんなことは言ってくれないのね。

「はぁー……」

まぁいいわ。セリフでも何でも。

今までよりはマシだったもの。

「行きましょう。まだ挨拶、残ってるわよ」

「あぁ……」

気まずそうに返事をしてから、レイモンドは再び私の手を取って歩き出す。

彼の手にぎゅっと力が込められ、それがまるで大切なものを離すまいとしているように感じられて、レイモンドとの距離が縮まっているのだと感じさせられる。

いつか、物語のセリフなんかじゃなくて、本当にあんな言葉を言ってくれたら。

そんな淡い期待を寄せてしまう。

この後すぐに、その期待も、未来すらも粉々に崩れ去ることも知らずに――。


「あら、あれは……」

代わる代わる訪れる挨拶の人の波が切れたあたりで目の前に見知った顔を見つけて、私はレイモンドの腕をキュッと引いた。

「あぁ、クレンス子爵か。ラウルも一緒だな。挨拶に行くか?」

「ええ。孤児院のお礼も言いたいもの」

私が頷くと、何とも言えない表情を浮かべてからレイモンドも頷く。

「クレンス子爵、ラウル、よく来てくれた」

「‼　王太子殿下、妃殿下、本日はお招きいただきありがとうございます」

まさか王太子であるレイモンドが声をかけにくるとは思っていなかったであろうクレンス子爵が、ビクリと身体を揺らしてから丁寧にお辞儀をする。

とっても優しそうなお顔の方ね。

柔らかい雰囲気がラウル様とよく似ていらっしゃるわ。

「あぁ。ラウル、いつも孤児院の子ども達が世話になっているな」

「お久しぶり、ラウル様。孤児院の皆、あなたにとっても感謝しているわ。もちろん私達も。本当にありがとう」

孤児院の院長からは、『クレンス先生が来てから皆とても楽しそうに勉強できています』と感謝の手紙をいただいている。ラウル様は子ども達だけでなく、学びを望むシスター達にも丁寧に勉強を教えてくれているらしい。

水汲みや草むしりなど仕事の範囲外のことまでやってくれているようで、こんな貴族もいるのかと驚きながらも、皆とても感謝しているという。

「もったいないお言葉です、殿下、妃殿下。私の方こそ、充実した毎日を送らせていただいて、感謝しております」

メガネの奥で柔らかく細められるラウル様の瞳。

レイモンドとの距離が縮まって、聖女も未だ現れない。もしかしたらゼルの言う通り、もう現れないのかもしれない。そんな、レイモンドとの未来が見え始めた今、私は、離縁された後の生活でお世話になろうと思っていた未来予想図を心の中でビリビリに破き捨てる。

このまま未来の家族になる予定だった子ども達が健やかに育ってくれるのを、私はここで見守っていよう。

「また子ども達に会いに行かせてね。……レイモンドと一緒に」

そう言って私は、隣の無駄にキラキラとしている夫を見上げる。

するとサファイア色の瞳が大きくなって、嬉しそうに細められた。

和やかに会話が進みこのまま舞踏会を無事にやり過ごせる。そう感じていたその時――。

「‼」

広間に面した夜の庭園で、眩い光が弾け、会場の中へと広がった。

「キャー‼」

会場のあちこちで悲鳴が上がる。

閃光は一瞬にして会場に溶け、私は瞑った目をゆっくりと開けると、周囲の様子を窺う。

「何だ⁉　襲撃か⁉」

「すぐに調べろ‼」

途端に広間の中がざわざわと慌ただしくなる。

今の……光……。

ドクン――ドクン――……

鼓動が速くなって、嫌な汗が流れる。

いや……まさか……でも……。

レイモンドが私を守るように肩に手を回して抱きしめてくれる。

せっかく、彼と一緒に歩んでいきたいって……レイモンドとの未来を考えていこうとしていたのに……。

何で今なの？

どうか。

私の予想なんて外れて……‼

お願いだから……‼

祈るような思いでその場に待機していると、しばらくして騎士達がバタバタと入ってくるのが見えた。

その後ろには、両脇を抱えられた黒髪の女の子の姿が――。

自分の中の血の気がすぅっと引いていくのがわかる。

心臓が痛いくらいに脈打ち、呼吸をするのも苦しみが伴う。

「陛下‼　外にこの少女が……‼　伝承にある初代聖女ミレイ様と同じ色の髪、瞳、服装です‼」

「‼」

いっそうざわめきが大きくなる会場。

隣をふと見上げれば、少女に釘付けになっている――私の夫の姿。

「――あの……ここ――どこですか？」

あぁ――来てしまった。

この物語のヒロイン《聖女》が――……。

6 崩れ始めた未来とレイモンドの戦い

それからの舞踏会は大混乱。

急遽お開きとなり不審者——聖女は騎士によって謁見の間へと連れていかれた。

私とレイモンドも、それぞれ護衛騎士のゼルとランガルを連れて謁見の間に移動した。

玉座に座る陛下と王妃様の目の前には、騎士に挟まれ跪いたまま青ざめた顔で陛下を見上げる女の子。

肩までの黒髪に、同じ色のぱっちりとした大きな目。

服装はこの世界では見ないけれど、どう見ても前世では馴染みのあるセーラー服だ。

そしてそれを私は幾度となく見てきた。

〝あの本〟のヒロイン。

聖女【加賀《かが》アリサ】のキャラクターデザインそのものだもの。

私の前世の記憶が正しければ、アリサも私と同じ日本という国で生まれたはず。

「それで、そなた、名は？」

警戒しながらも穏やかに声をかける陛下。

聖女だということを確信しているのだろう。伝承されている初代聖女ミレイと同じ目と髪の色、それに服装ですもの。

その場にいる皆それぞれが緊張した面持ちで事の成り行きを見守る。

私はそんな様子を、比較的冷静に、そしてどこか冷めた目で見ている。

「あ……か、カガ・アリサ……です」

怯えたような表情で声を絞り出す少女。

絹糸のようにか細い声。

不安げに揺れる潤んだ黒い瞳。

あぁこれ、完璧にヒロインオーラ全開だわ。

「アリサ殿、か。ふぅむ……ここらでは聞かぬ名。やはりこれは……」

コンコンコン——。

控えめに大きな扉が叩かれ、陛下が扉に向かって答える。

「入れ」

「失礼します。陛下、神官長が参りました」

「あぁ、ご苦労」

遣いに出されていたのであろう初老の男——ラングレス宰相に続いて入ってきたのは、真っ白いローブに身を包んだ年老いた神官長。

突如現れた少女が聖女であるかどうか、その力を感じ取れるのは神官長だけだ。

だから陛下は、舞踏会を閉会してすぐにラングレス宰相を神官長の元へと遣いにやったのだ。

「神官長、突然にすまないな。鑑定を頼めるか？」

「はい、陛下」

しわがれた声で答えると、神官長はアリサの前までゆっくりと歩み寄り、彼女ににっこりと笑いかけた。

「私は神官長のアズル。貴女のお名前をお聞かせ願えますかの？」

「あ、アリサ、です」

震える声を振り絞り、アリサが答える。

「アリサ殿は異世界から転移してきたのじゃな？」

「転移……？」

「そうじゃ。この世界とは全く違う世界からやってきたということじゃ」

「違う世界……かどうかはわかりませんが、ここは私の知らない場所……です……」

神官長の問いに、アリサはか細い声で不安げに答える。

かつてこの世界に現れた初代聖女も、異世界から転移してきたと言われているのをこの世界で知らぬ者はいない。

だからアリサの答えに、その場の空気がより一層張り詰めた。

「ではアリサ殿、私の両手の上にあなたの両手を乗せていただけますかな？」

穏やかな口調と優しい笑顔に緊張が少しほぐれたのか、アリサはおずおずと神官長の両手の上に自身のそれを乗せた。

すると――。

「‼」

アリサが現れた時と同じような眩い光が、謁見の間全体に広がり、私達は目を強く瞑ってやり過ごす。それはほんの一瞬で、すぐに光は収まっていった。

「おぉ……‼　陛下、この方はまさしく正真正銘、聖女様です‼」

「っ‼」

興奮気味にそう言った神官長の言葉に、隣のレイモンドの喉がごくりと鳴る。

「おぉやはり……‼　しかし何故？　聖女は世界が混沌とした際に現れるか、もしくは誰かが召喚した時にのみその姿を現すはずで、それ以外に降臨することなどない。今この世界は平和そのものなのだが……」

ということは、考えられるのはそう――。

誰かが故意に召喚したということ。

でも一体誰が……？

「ふむ……まぁいい。この件についての調査はこちらですぐに行う。まずはアリサ殿の部屋を用意して、ゆっくりしてもらおう」

「あの、ゆっくりって……私はいつ元の世界に戻れるんですか？　私、元の世界に帰りたい……‼　せっかく高校生活エンジョイしてたのに……‼」

アリサが跪いたまま陛下に問いかける。

「戻る……。あぁ、無論、元の世界に戻る方法についても早急に探し出そう。だから、あなたは元の世界に戻る目処が立つまで、ここで暮らすといい」

あぁ、やっぱりそうなるのね。

過去に一度だけ転移してきた初代聖女ミレイは、元の世界に戻ってはいない。元の世界に戻ることなく、この世界で王子と結婚し、この世界で生涯を閉じたと伝わっている。

だから元の世界に戻った前例などなく、たとえ戻れるのだとしても、その方法を調べるまでには時間がかかるだろう。

その間ここで暮らすというのは理にかなっているわ。

でも……何だろう、この胸騒ぎ。

「あ……ありがとう、ございます……」

あー……子犬みたいな目をして……。

でも無理もない。

私みたいに最初からここに生まれてたまたま前世の記憶を持っていた転生じゃなくて、この子の場合はある日突然知らない世界に転移してしまったのだから、不安、よね。

私は前世のことは忘れていることも多いけれど、この子にとっては元の世界も今いる世界も並行したリアルだもの。

私が不安がっていてはダメね。

歩み寄らなきゃ、彼女にも。

元は同じ日本人だものね‼

意を決して私が声をかけようと前に進み出たその時――。

「大丈夫だ、聖女様。あなたには、俺達がついている。悪いようにはしないし、あなたを何人《なんぴと》からも守ると誓おう」

私の前に歩みを進めたレイモンドがアリサに笑いかけて、彼女はレイモンドの登場に大きな目を見開いてから、やがて彼に向けて、ふわりと笑った。

あ――これは……終わった――――。

聖女が現れて二週間。

アリサのドレスや生活必需品を揃えるのに仕立て屋や商人が頻繁に出入りしている上、聖女召喚に関する聴取や騎士達による調査などで、城内では慌ただしく人が動き回っていた。

レイモンドはアリサに付きっきりになって、アリサはレイモンドに依存した。

アリサは毎朝レイモンドのエスコートで朝食をとりにダイニングルームにやってきては、レイモンドに笑みを向けて楽しそうに話をする。

だけど私が挨拶をしても、泣きそうな顔をして震えるだけ。

レイモンドは「まだこの世界の人間に慣れていないだろうから、優しくしてやってくれ」って申し訳なさそうに言うけれど、私は知っている。

アリサは、ランガルやゼルには普通に挨拶をしたり談笑したりしていることを。

多分。いや絶対に……。

私――嫌われてる――!!

私、何かしたのかしら?

いや、何かするほど一緒にいたことはないし話したこともない。

はっ……!!

もしやこの私の風貌のせいなの?

愛らしさも愛想もないうえに、無駄にダダ漏れる威圧感のせいなの⁉

「うあぁぁぁぁぁ‼」

ゴンッ‼

頭を抱えて執務机に突っ伏す。

……痛いわ。

「……王太子妃殿下。大丈夫ですか？」

カチャリと音がして、顔を上げると目の前にカップが置かれていた。

ふわりと紅茶のいい匂いが漂ってくる。

「うぅっ……ありがとうゼル」

やっぱりあなただけだわ、私の癒しは。

淹れてくれた紅茶を一口飲んで、口内を潤す。

「……ふぅ……。ねぇゼル、今もやっぱりレイモンドは……」

「……聖女様の部屋です」

「よね……」

この世界のことを少しずつ教えているんだろうけれど、あまりにも入り浸りすぎじゃない⁉

本来レイモンドの仕事である書類整理はほとんど私に回ってきてるし‼

私は書類係じゃないんだけど⁉

「ゼルはランガルと話す機会あるのよね？　ランガルは何か言ってる？」

執務で会う日がなくなっても、勤務時間外なら騎士団宿舎でランガルに会うことも多いであろうゼルの情報に頼るしかない。

「……時々アホを殴りたくなる、と」

――はい？

き、聞き間違えかしら？

「えっと……誰を？」

「だからアホ……あぁ失礼。『レイモンド』を、ですね」

普段ならランガルの失言を咎めるゼルが、ランガルが言っていたであろう言葉をそのまま使うなんて……。

しかも『レイモンド』呼び……‼

ゼル、何か怒ってる？

レイモンドと喧嘩でもしたのかしら？

「ぜ、ゼル？　レイモンドと何かあった？　とっても怒っているみたいだけど……」

「いいえ？　私とアレとは何も。そもそも最近お会いしてすらおりませんし」

アレ⁉

あのきちんと礼儀を弁えたゼルが主君を……アレって‼

「ほ、本当に？」

「はい。私が怒っている、と思われるならば、強いて言えば……あなたです」

「私？」

え、私に怒ってるの？

何で？　心当たり皆無よ？

「あの、私、何かゼルにしてしまったのかしら？　もしも何かしてしまっていたなら、ごめんなさい。あの、悪いところは直すから、嫌いにならないで？」

レイモンドだけでなく、心のオアシスであるゼルまで離れていってしまったら、きっと私は生きていけないだろう。

「い、いいえ‼　決してあなたに怒っているということでは……‼　ましてや私があなたを嫌いになるなど、天地がひっくり返るくらいに有り得ないことですので」

首をぶんぶんと振って力一杯否定するゼル。

ひとまず嫌われたのではないという事実に胸を撫で下ろし安堵する。

「良かった……。でも、強いて言えば私のことって言ったわよね？」

滅多に怒らず表情も変えないゼルがこんなに怒っているのだから、気にならない方がおかしい。

「……心を乱してしまい、申し訳ありません。ここのところレイ――殿下の動きによって傷ついていくあなたを見ているとどうしても感情を抑えられませんでした」

「‼」

私の……ため？

私がレイモンドのことで傷ついているから……だからそんなに怒っていたの？

私なんかのために……？

「ゼル。あなたって……あなたって……」

「……」

私は両手でゼルの両手を力強く握りしめて声を上げた。

「なんて主人思いの護衛騎士なの⁉」

「――――は？」

「あなたが忠誠心に溢れているのは知っていたけれど、まさかこんなに主人のことを自分のことのように考えてくれていただなんて……‼　私、ゼルが護衛騎士で本当に良かったわ……‼　これからもよろしくね、ゼル。私の癒しはあなただけよぉぉっ‼」

ゼルがいてくれて良かった。一人ならすぐに心が砕けて、闇落ち決定だっただろう。

「は、はぁ……。それは……何より……。コホンッ、それより妃殿下、これからいかがいたしますか？」

「どうするも何も、調査の方はまだ進んでいないのよね？」

誰が聖女を召喚したのか……、まだ判明したとは聞かない。

帰る方法も模索しているみたいだけれど、それもまだみたいだし。

実質、私にできることは何もない。

「ええ。……妃殿下、明日の夜会のこと、殿下は何と？」

明日は聖女のお披露目を兼ねた舞踏会が開かれる。

陛下の退位を発表するための舞踏会が開催されたばかりだけれど、今回は釘を刺す意味もあるのだろう。

ここのところ城内を騒がせている問題。

この国では聖女は神聖なもので、多くの人が聖女という平和と安寧の象徴を信仰してきた。

しかし実際聖女が現れると、人々は自分達とは異なる存在を畏怖し始めた。それどころか、初代聖女こそが唯一無二の本物で、突然現れたアリサは不吉の象徴であると噂する者も出てきた。加えてレイモンドの熱狂的なファンである御令嬢達は、常にレイモンドと行動を共にするアリサが気に食わなくて仕方がない。

一人になったところを見計らって嫌味を言われたり、足を引っ掛けられたり、何かと意地悪をされているらしい。私もよくされたけれど本当、女というものは陰湿で困ったものだ。

アリサのレイモンドへの依存がより強くなっているのは、それもあるのだろう。

そんなこともあって、令嬢だけでなく、不安に煽られた誰かが聖女に危害を加えないよう、『この人は聖女だから、いらんことするなよ。何かやらかしたら王家が黙ってないぞ』って釘を刺しちゃおうということだ。

さすがに急なことだったので、新しいドレスを作る時間的な余裕がなく、以前からあるものに刺繍などを施してアレンジしてもらったものを着る予定だけれど、ドレスの仕立て屋が今日も来ていたってことは、あちら様は新調して、それが今日届いたんでしょうね、新しいドレス。

「レイモンドは何も。ていうか、会ってないもの」

「夜は同じ部屋でおやすみなのでは？」

「……アリサが来てから、夜も部屋に帰ってきてないわ。食事も、この間まではアリサをエスコートしてダイニングで一緒に食べてたけど、最近は彼女の部屋で一緒に食べてるみたいだしね」

『ロザリア様が怖いから』

『ロザリア様が睨んでくるから』

聖女がそう言っていると風の噂で聞いた。

「――は？」

ゼルのドスの利いた低い声が鼓膜に響く。

「あのクソヘタレがそんなことを？」

「ぜ、ゼルさん？」

いつものゼルじゃない‼

「……わかりました。では明日の舞踏会については、私の方で少し聞き込みをして、対策を練っておきましょう」

眉間に皺を寄せて、ゼルは「はぁ……」と息を吐いた。

「あ、あの、ごめんね？　私のせいで……」

「いいえ。あなたのせいではないです。それに、あなたのためならば、私はどんなことも苦ではない。――あなたは明日に備えて、今日はもうお休みになってください。私は少し出てきますので、代わりの者を配置します」

「え、ええ。……ありがとう、ゼル」

私が言うと、ゼルはふわりと頬を緩めてから、執務室を後にした。

「……はぁ……。……レイモンドの……馬鹿……」

他に誰もいない執務室に私のため息だけが音を立て、静かに消えた。

深いサファイア色の光沢のあるドレスを纏い、アクセサリーはサファイアとシトリンで揃える。

青と黄色。

どちらもレイモンドをイメージした色だ。

輝く青い瞳と、サラサラの金髪を――。

レイモンドは昨夜も帰ってくることはなく、今日になっても伝達も何もないまま、舞踏会の準備だけが淡々と進んでいく。

いつもは侍女達も楽しげに、

「こっちの方が王太子妃殿下に似合います‼」

「いやこっちの方が‼」

と熱いバトルを繰り広げながら準備を整えてくれているけれど、今日は何というか……目を合わせてもくれない。まるで腫れ物にでも触れるみたいに、気まずそうな表情のまま。

何かがおかしい――。

唯一いつもと変わらずにいるのは、専属侍女のサリーだけ。

私よりも少しお姉さんのサリーは、もともとクレンヒルド公爵家で私の専属侍女をしてくれていた。王家に嫁ぐ際、私が唯一お願いしてついてきてもらった、私の姉のような存在だ。

「あ、あの、やっぱり妃殿下、こちらのルビーのネックレスなんかは……」

「こちらのエメラルドのものでもよろしいかと思いますわよ？」

恐る恐るアクセサリーの色を変えさせようとする侍女達の言動に首を傾げる。

ドレスを着る時もこんなやりとりをしたのよね。

しきりに赤や緑、ピンクを薦めてきたし。

「そうねぇ。でも今日はレイモンドの色で揃えたいから」

聖女が現れてから少しずつ広まりつつある王太子夫妻の不仲説が信憑性を増してくる前に、否定しておきたいもの。

「で、ですが……」

「いい加減にしなさい」

なおも食い下がる侍女を、サリーがピシャリと諫める。

ばつの悪そうな顔で俯く侍女達。

「王太子妃殿下、出すぎた真似を、失礼いたしました」

「いいえ、いいのよ。それより皆、どうしたの？　今日は何だかいつもと様子が違うけれど……何かあったのかしら？」

私の言葉に侍女達は互いの顔を見合わせ、どうしようかと考える素振りを見せた。

そんなに言いづらい話なのかしら？

やがて侍女の一人エレナが、言いにくそうに口を開いた。

「あ、あの、王太子殿下が……」

「エレナ‼」

エレナが言いかけたのをサリーが声を上げて制止する。

レイモンドが？

あの人が関わってるの？

「教えてちょうだい。レイモンドが関係しているのなら、私には知る権利がある。そうでしょう？　サリー」

レイモンドが何かしようと考えていて、それで私のドレスや装飾品の色をそれに合わせたいというのかもしれない。なら私も知っておかないと。

私の言葉にサリーがぐっと表情を歪めてから、言いづらそうにゆっくりと言葉を紡いだ。

「……わかりました。……王太子妃殿下、王太子殿下は――今夜、聖女アリサ様のエスコートをなさる、と……」

「‼」

ドッ、ドッ、ドッ……。

速まる鼓動を押さえつけるように胸元をキュッと摑む。

「レイモンドが……アリサのエスコートを？　それは……確か、なの？」

聞いてない。

私……何も。

彼から何も聞いていないわ。

「……はい。アリサ様は黄色を基調としたドレスをお仕立てになり、アクセサリーは青いサファイアをお求めになったと聞いております。付いていたメイドがそれとなくお止めいたしましたが、これがいい、と……」

どちらもレイモンドの色……。

あの人、私が王太子妃だって知らないのかしら？

それとも知っていて……？

「レイモンドは……何て？」

「そこまでは……私もメイドの報告で知った程度でしたので……」

「そう……」

何を考えているのかしら、レイモンドは。

わからない。

あの人が何を考えているのか。

何をしているのか。何も。

でも――――。

「わかったわ。ではなおさら、このままにしてちょうだい」

「妃殿下‼」

侍女達が声を上げる。

サリーだけは顔色一つ変えずじっと私を見た。

「今は私がレイモンドの妻よ。私が彼の色を譲るなんて、そんなのおかしいでしょう？」

私の王太子妃としてのプライドだ。

今までずっと、彼を支えてきたのは私。

彼の隣で、時には背中合わせになって一緒に生きてきたのは他でもない私なのだ。

それは誰にも譲れない、私の誇りだ。

「……えぇ。私達は皆、王太子妃殿下――ロザリア様の味方です」

「サリー……」

「そうです‼　【チームロザリア様】は、いつだって妃殿下を思っておりますから‼」

「え、エレナ？　そんなチーム名あったの？」

知らなかったわ。

でも、とっても心強い。

「ありがとう皆。皆がいてくれて、とっても心強いわ」

私が微笑むと侍女達に笑顔が戻った。

「さぁ‼　そうと決まれば、最後の仕上げに取りかかるわよ‼」

「王太子妃様を、美しくも愛らしい最高の淑女に仕上げましょう‼」

「【ロザリア様を見守り隊】‼　ふぁいおー‼」

——あ、あれ？

【チームロザリア】——どこ行った？

それから私は、いつもの活気を取り戻した【チームロザリア】によって、完璧に髪を整えられ飾り付けられた。

深い青色のドレスにちりばめられた小粒のサファイアがキラキラと光ってとても美しい。

このドレスは私のお気に入りで、結婚前にレイモンドにプレゼントされたものだ。

彼が自分の色のドレスを仕立ててプレゼントしてくれるなんて初めてで、心が躍ったのを今でも覚えてる。

これを贈ってくれた時は、余計な言葉が何もなかったのよね。

だからか、嫌な思い出が一つもない。

今日はそれにレイモンドの髪色をイメージした金糸で刺繍を施してアレンジを加えてもらった。

そしてさっきまで揉めていたアクセサリー類は、当初の予定通りサファイアとシトリンを組み合わせたものになった。

私は大鏡に映った、全てレイモンドの色に染まった自分の姿を見る。

うん。とっても素敵よ、ロザリア。

だって、こんなに一生懸命皆が仕上げてくれたんだもの。

美しくないわけがない。

彼女達に報いるためにも、しゃんとしなさい、私‼

コンコンコン――部屋の扉が叩かれて、侍女のメアリが対応に出る。

誰かしら？

考えているとすぐにメアリが慌てて戻ってきた。

「ひ、妃殿下‼　王妃様がおいでです‼」

「王妃様が⁉　す、すぐにお通しして」

どうしたのかしら？

何か会場に不備でも？

最近レイモンドから回ってきた仕事もあって忙しかったからか、何かやらかしちゃったのかもしれない……。

私はドキドキしながら王妃様を待つ。

「ロザリア、ごめんなさいね、急に」

部屋に入ってきた王妃様は、申し訳なさそうに眉を下げてそう言った。

「いいえ、大丈夫ですわ、それより何かございましたの？」

空気を汲んでか、侍女達が互いに目配せをし、私達に一礼してから部屋から出ようとすると、王妃様はすぐに「待って。あなた達もいていいわ」と彼女達を止めた。

「……ロザリア、レイモンドのこと、私、さっき聞いて……」

レイモンドのこと――おそらくエスコートの件だろう。

王妃様も知らなかったのね。

「私も、さっきサリーから聞きました。あの……陛下は何かおっしゃって？」

「陛下は……アリサ殿も慣れない地で不安だろうから、と……」

アリサの心を汲んで、ということか。

下手に聖女の気を害して、何かあってはいけないからかもしれないわね。

「……わかりました。陛下のご意向のままに」

「ロザリア……。でも……」

「さすがにレイモンドも、アリサとダンスを踊るなんてことはないでしょうし、私はエスコート役がいないだけで何も変わりはないかと思います。会場で合流するだけのことです」

妻がいるのにダンスを他の女と踊るなんて、そんな非常識なことにはならないわ。

「そう？　あなたが納得しているならいいのだけれど……。でも、何かあったら言ってね？　レイモンドのヘタレが何もしないようなら、私が陛下を殴ってでも何とかさせるから‼」

なぐっ⁉

あぁ、そうだ。

王妃様の特技は剣術ではなく体術。

国で最強の拳を持つ王妃……‼

陛下のお命のためにも、私、耐えねば……‼

「あ、ありがとうございます。王妃様」

「それもよ‼」

「へ？」

どれ？

「十三年。あなたとレイモンドが婚約して十三年‼　私はずっとあなたを娘のように思ってきたのよ」

「はぁ……。あ、ありがとうございます？」

私もそのことは感じている。

時に優しく、時に厳しく。

疲れた時にはよくお茶やお菓子を振る舞ってくれる王妃様は、私にとって第二の母のような存在だ。

「なのにあなたったら、いつまでもお義母様って呼んでくれないじゃない？　私このままじゃ死んでも死にきれないわ‼」

死にそうにないくらい元気そうですけどね。

でも、そう言ってくれるのはありがたいことだと思う。

「あ、あの……つい癖で……。呼んでもよろしいのなら……これから、善処いたします。……お義母様」

少し照れくさいけれど何だかしっくりくる呼び方に、王妃様は満足そうに笑みを浮かべた。

「ロザリア、覚えていてね。私も、ここにいるこの子達も、皆、何があってもあなたの味方よ。いつも頑張ってるあなたが、皆大好きなのよ」

その言葉に【チームロザリア】もにっこりと頷く。

「……ありがとう、ございます」

今日赴くのは戦場の最前線。

皆の思いを胸に、気を引き締めて。


ラッパの音が高らかに鳴り響く中入場した陛下と王妃様の後に続いて、レイモンドよりも先に会場に入って壇上からホールを見下ろす。すでに会場は招待された貴族達で溢れている。

私がレイモンドと一緒にいないことに気づいた人達からの視線が痛い。

――と、再度ラッパの音が響き渡り、私達から見て正面の扉がゆっくりと開いた。

「‼」

あぁ……心が……痛い。

入ってきたのは、完璧王子スタイルのレイモンドと、幸せそうな笑顔を携えて彼にエスコートされるアリサ。

レイモンドの金髪を思わせる黄色のドレスに、彼の瞳を思わせるサファイアのアクセサリー。ドレスの色こそ違えど、その色の組み合わせは私と丸かぶり。

誰もが気づいただろう。

それはレイモンドの色だと――。

まっすぐに陛下の――私達の前へとやってくる二人。

するとレイモンドの視線が私へと向いた。

途端にギョッとした表情を浮かべて固まったレイモンド。

何なのこの男。私がこの色のドレスや装飾品で来るとは思わなかったってこと？　来るに決まってるでしょ、あなたの妻よ。

アリサが玉座の前に来たのを見計らって、陛下が立ち上がった。

「皆、短い期間で再び集まってもらってすまない。今夜集まってもらったのは、先の舞踏会で現れた少女についてだ。彼女はアリサ殿。神官長に鑑定してもらった結果、彼女は聖女であることが判明した――!!」

陛下の言葉にざわめく会場。

それは退位の発表の時よりも大きなもので、聖女への関心の高さが窺い知れる。

「聖女が現れるのは国が混沌としている時……、と言われている。しかしながらこの国は今平和そのもの。おそらく何らかの手違いでこちらの世界へと召喚されたのであろう。元の世界へ戻れるまで、城にて保護することになった。皆、聖女は王家庇護下にあると思い、そのつもりで接するように」

やはり『聖女に何かやらかしたら王家を敵に回すと思え』――ってことか。

これで不用意にアリサに手を出す輩はいなくなるでしょうね。

「皆、先日途中で終わってしまった舞踏会の分まで、今宵は存分に楽しんでくれ」

陛下の言葉を合図に音楽隊による演奏が始まった。

「ロザリア」

目の前に来て私の名を呼んだのは、私の夫。

久しぶりに聞いたわ。レイモンドが私の名前を呼ぶ声。

良かった――やっぱりダンスは私と踊る気で――。

「すまない。ダンスも、今回はアリサ殿と踊ることになっている。一人で大丈夫か？」

「‼」

エスコートだけでなくダンスも、ですって？

仮初めとはいえ私という妻がいながら？

一体何を考えているの？

「あ、あの、ロザリアさん？　お、怒ってます、よね？　でも私心細くて……」

おどおどと怯えるように私を見上げるアリサ。

ロザリア……〝さん〟？

苛立ちをそのままに言葉を返そうとすると、こっちの様子を見てひそひそと話し合う招待客達が視界の端に映った。

あぁそう。

やっぱり私が――【悪役令嬢】ってわけね。

それなら――……。

落ち着きなさい、ロザリア。

あなたは王太子妃でしょう。

【悪役令嬢】なんかにならないわ。

私はグッと奥歯を噛み締めた後、にっこりと笑顔を張り付けた。

「……大丈夫よ。いってらっしゃい」

【悪役令嬢】いいえ、【悪役王太子妃】

その言葉を聞いて、ホッとしたようにレイモンドの肩の力が抜ける。

「ありがとう、ロザリア。――行こうか、アリサ殿」

「はい‼　レイモンド様‼」

花が咲くかのような満面の笑み。

私に背を向け遠くなっていく背中を見ながら、私は拳を握り込む。

前を向いて。

泣いちゃダメよ。

私は王太子妃。

レイモンドの妻よ。

私が――私が、レイモンドの――……。

侍女達が準備してくれた女の装備でもあるドレスやアクセサリーが、途端に無意味なものに思えてきた。

装備が崩れても、それを周囲に気づかれるわけにはいかない。

いかない、のに。

思わず俯きそうになったその時だった――。

「王太子妃殿下」

低く落ち着いた声が、私の目の前に落ちた。

俯きかけていた顔をふっと上げると――「‼　ゼル……‼」――正装姿のゼルが、そこに立っていた。

「どうしたのゼル？　休みを取っていると思ったら、そんな格好で……」

昨日話した後からゼルは、代わりの騎士を寄越して休みを取っていた。

急用ができたと聞いていたけれど、まさか急用って舞踏会への出席？

「今日は公爵家嫡男として舞踏会に出席させていただきました。――妃殿下。不躾なのは承知ですが、今だけ、私の手を取っていただけませんか？」

ゼルの手がスッと差し出される。

ダンスの申し込み、ということ？

でも私は――。

「行ってきなさい、ロザリア」

私が躊躇していると、隣にいた王妃様が声をかけてきた。

「王妃様⁉　で、でも……」

「私も陛下も許可するわ。ていうか、絶対に行ってきなさい」

「お、王妃様……」

笑顔の圧‼

ものすごい怒っていらっしゃる……‼

あぁっ、隣で陛下が怯えていらっしゃるわ……。

「あのバカに見せつけてやりなさい。ゼル、この舞踏会中、あなたがパートナーとして、ロザリアを守ってあげてちょうだい。これは王妃命令でもあるわ」

「はい。必ず」

は⁉ 何で二人で話が進んでるの⁉

「まいりましょう、妃殿下」

訳のわからぬまま手を引かれ、私はゼルと一緒にざわめき立つ貴族達の間を通り抜け、ホールの真ん中へと進み出た。

「ね、ねぇゼル、どういうこと？ 何であなたが？」

突然正装で現れた自分の護衛騎士に動揺が隠せない。

頭が追いつかないままに、私はゼルとダンスを踊り始める。

「言ったでしょう？ 舞踏会について聞き込みをして対策を練る、と。聞き込みの結果、あのヘタレ――ゴホンッ、王太子殿下は、アリサ様をエスコートするというとんでもない情報を入手しましたので、一度公爵家へと戻り、舞踏会に出席することを伝え、準備をしていました。そして今朝、王妃様にお時間を割いていただき、諸々の状況を説明した後、もしもの時は今夜の舞踏会であなたのパートナーになることを許可していただきました」

あぁ、なるほど。

ゼルから聞いて、その足で私の部屋まで来てくれたのね、王妃様。

さっき二人で話が進んでたのは、事前に王妃様は知っていらっしゃったから、か。

確かに王太子の妻である私を勝手に連れ出して踊っては、私にもゼルにもあらぬ疑いがかかるものね。だけどレイモンドが妻を置いて聖女とダンスを踊っているという状況下で、なおかつ王妃様の公認ならば……。

皆、〝聖女の歓迎のために〟、王太子妃が夫である王太子を貸し出し、自分は代わりの者と踊ることになったのだ、と思ってくれたはず。

しかもその相手が公爵家の嫡男であれば、身分として申し分ない。

何にしても、ゼルが来てくれて良かった。

「ゼル、ありがとう。あなたが来てくれて私……本当に助かったわ」

「少しでもお役に立てたのならば何より。……――ロザリア」

「っ‼」

ゼルは不意に私の名を呼ぶと、私の腰を抱いたままくるりと身体の向きを変えた。

見上げれば普段の仏頂面が薄く微笑んで、綺麗な赤い瞳が私を映し出していた。

「今だけは、私を見ていてください。〝周り〟など気にすることなく。私だけを――」

周り？

そう言われて誰が今私達の近くにいるのか、気づいてしまった。

――レイモンドとアリサだ。

私の背後にいる。

ゼルの瞳の中に、私と一緒に小さく映ってる、驚いたようにこっちを見るレイモンドの顔。

それを、私に見せないようにしてくれているのだろう。

わざわざ彼らが視界に入らないように、身体の向きを変えレイモンド達に背を向けさせて。

その気遣いに気づいて、私は心の中でゼルに感謝した。

正直、視線は気になる。

背後のレイモンドもだけれど、周りの貴族からの視線も矢のように全身に突き刺さる。

それもそのはずだ。

いくら王妃様がおっしゃったとはいえ、私が今ダンスを踊っているのは、レイモンドと並んで大人気のゼル・スチュリアス公爵令息。

文武両道、常に冷静で真面目。

その上美しい切れ長の赤い瞳と、サラサラの黒髪という整った外見。

普段舞踏会でも踊ることなく護衛に徹する美形護衛騎士の貴重なダンス。

注目されないはずがない。

「ふふ」

私が突然笑い声を漏らしたことで、ゼルが不思議そうに首を傾げる。

「何か?」

「あぁごめんなさい。こんなに美形で素敵な貴公子にお相手していただいて、何て贅沢なのかしら、って思って」

「……こんな顔でよろしければいつでも。私こそ、あなたと踊ることができて光栄ですよ」

くるりくるりと体勢を変えながら流れるように踊り、やがて音楽がゆっくりと落ち着いて、消えていく。

もう少し踊っていたかった、そう思ってしまうくらい、とても楽しい時間だった。

「ゼル、ありがとう。助かったわ」

「いいえ。さすがに続けて二曲というのは避けた方がよろしいですし、戻りましょうか」

「そうね」

二曲続けて踊るのは配偶者か婚約者のみ。

舞踏会の常識だ。

私はゼルのエスコートでダンスの輪から抜けると、たちまち面倒な貴族連中に取り囲まれてしまった。

「あぁ王太子妃殿下、今宵もとてもお美しい」

「今夜は殿下は聖女様のエスコートのようですが、こちらはスチュリアス公爵家の？」

「確か護衛騎士をしていらっしゃいましたわよね？　とても凛々しくていらっしゃるわ」

あちらからもこちらからも声をかけられて、あらためてどれだけ目立っていたかが窺い知れる。

「えぇ。今夜はレイモンドが聖女様のエスコートをするので、王妃様に言われて幼馴染でもあるゼルが護衛と一緒にパートナーも引き受けてくれたの。とても素敵でしょう？　うちの護衛騎士は。一度しか踊れないのが残念なくらいだわ」

二度続けて踊ってないのだから構わないでしょ？　という意味も込めて。

「本当に絵になるお二人で。続けて踊りたくなるお気持ちもよぉくわかりますぞ。あぁほら、王太子殿下とアリサ様は、その誘惑に負けてしまわれたようですが……」

ニヤリと意地の悪い笑みを浮かべながらそう言ったのは、しつこいタヌキの筆頭であるドーリー侯爵。

「は？」

私がドーリー侯爵の視線の先を辿り、振り返りってみると――。

「‼」

何やってんのあの男――‼

ホールの中央ではレイモンドとアリサが、あろうことか続けて踊っているではないか。

目が離せない。

言葉が出てこない。

でも何か、何か言わないと……。

「そ、そのようね。大方、作法やルールを知らない聖女に付き合っているのでしょうが……後で叱っておかねばなりませんね」

冗談めかしてどうにか絞り出した言葉に、場の空気が緩んだ。

「まぁまぁ妃殿下。フレッシュで可愛らしい聖女様の魅力に抗えぬのは、男としては仕方のないことなのですから、ほどほどに」

悪かったわね、フレッシュで可愛らしくなくて。

だからって許されるの⁉

他の招待客も何事かとレイモンド達を見ているし、王妃様なんて扇子をへし折りそうな形相で睨みつけてるわよ!?

「――失礼。妃殿下以上に愛らしい方はいらっしゃいませんよ。護衛をしていても、とても庇護欲をそそられる護衛対象ですしね」

そうさりげなくフォローしてくれるゼルがスパダリすぎて目頭が熱くなる。

「そ、そうですな。妃殿下はとてもお美しいですからな」

思いきりお世辞なのが丸わかりで慌てて言葉を返すドーリー侯爵に、私は何とか王太子妃としての笑みを顔面に張り付けて「ありがとう」と礼を言う。

「皆様、妃殿下は連日の執務で少々お疲れですので、少し風に当たりにまいります。気遣いができ良識あるあなた方です。このままホールで〝ダンスを〟楽しまれるのですよね？」

〝ダンスを〟と強調したゼルに、私は苦笑いを返す。

こんなに強調されてはもうしばらく世間話に花を咲かせたいだなんて言えないだろう。

「そ、そうですな。では私達はダンスを楽しむとしましょう‼　妃殿下、ごゆっくりと……‼」

逃げるようにダンスの輪へと入っていった侯爵達。

「さすがね、ゼル」

「お褒めに与り光栄です。その場しのぎで言ったことではありますが、本当に風に当たりに行きましょうか」

「え？　大丈夫よ？」

「顔色、悪いですよ」

「‼」

自分では気づかなかったのだけれど、やっぱりゼルはお見通しのようだ。

「行きましょう。妃殿下」

私は手を引かれるままに、ゼルと一緒に人気《ひとけ》のないテラスへと出た。


ひんやりとした夜風がのぼせた身体に心地いい。

見上げるとキラキラと輝く満天の星。

何だろう。

やっと呼吸ができた。

そんな気がする。

「大丈夫ですか？　妃殿下？」

「あ……えぇ、大丈夫よ。ありがとう、ゼル。……ごめんなさい。何も――できなくて……」

テラスの手すりに手を沿わせて、それに自分のおでこをコツンと押し当てる。

「謝る必要はありませんよ」

「ううん。私が主なのに……。王太子妃で……私がしっかりしなきゃいけないのに。結局ゼルに助けられてばかりだったわ。それにあのままあそこにいたら私、無様な姿を見せてしまうところだった……」

そしてこれからずっと私は嘲笑われ続けたことでしょうね。

かわいそうなお飾り王太子妃って。

だけど今回はゼルのおかげで体裁《ていさい》が保たれた。

いくら感謝しても、し足りない。

「……妃殿下……。――よく、頑張りましたね」

「っ……」

突然私に向けて発せられた優しい言葉。

やめて。

今そんなふうに言われたら私……甘えてしまいそうになる。

「ここでなら、泣いても大丈夫です。誰も来ないよう、見張っておきましょう」

「えぇっ⁉　い、いいわよ‼　そんな……子どもじゃないんだから」

私が焦ったように手をパタパタさせて拒否すると、ゼルはくすりと笑っていたずらっぽい表情を見せた。

「あなたがまだ子どもであったなら、迷わず私に抱きついて大泣きしていたはずです。涙と鼻水をダダ漏れにして、私の服がぐしゃぐしゃになるのもお構いなしに。なので、これは子ども扱いではない。これは、大人のロザリアへの配慮、です」

「うあぁぁ‼　何てこと覚えてるのあなた⁉　それいつの話よ⁉」

「そうですね……確か、七歳の頃までそんなでした」

私の黒歴史……‼

特に五歳あたりは酷かったはず。

慣れないハードな王妃教育が辛くて、よくゼルやライン兄様に泣きついていたものだ。

「わ……忘れて……」

顔から湯気出そう。

私は両手で自分の顔を覆う。

「忘れませんよ」

「ゼル？」

降ってきた突然の真剣な声に戸惑い、顔を上げる。

「あなたとの記憶は、どれも私の宝物ですので。忘れることはできません」

「っ……」

天然タラシ‼

「あの頃のように、抱きしめてなだめて差し上げることは立場上できませんが、あなたの逃げる場所の提供ぐらいはできます」

……はぁ……何でこうもゼルはいつも私の欲しい言葉をくれるんだろう。

『……もしもゼルと婚約していたら、私、こんなに悩むことなく幸せになれたのかしら……』

あの時つぶやいた自分の言葉が蘇る。

……いいえ、違う。

既存の物語から外れて他の男性と生きていく未来を捨てて、一人城の隅っこで膝を抱えていた彼に関わることを選んだのは、私だもの。

私が自分で選択した未来の責任を、もしもなんて不確かなもので他人に擦《なす》りつけてはいけない。

「えぇ。その時はお願いね。まだ私は——大丈夫だから」

レイモンドにはレイモンドの考えがあるのかもしれない。

アリサが来る前まで、レイモンドも私に歩み寄ろうとしてくれていたように感じられた。

信じなきゃ。

レイモンドを。

「王太子妃殿下の御心のままに――」

「ふふ。ありがとう、ゼル。あなたは最高の、私の護衛騎士よ。……あぁ、でも、もうしばらくだけ――」

私は頭上で煌めく星を見上げる。

「――もうしばらくこの綺麗な星空を堪能してから戻りましょう。王太子妃は、〝連日の仕事でお疲れだから…〟。――これくらいは、許してもらえるわよね？」

「……はい。もちろんです」

私達はしばらく星空と新鮮な空気を堪能してから、澱《よど》む戦場へと戻るのだった。


「はぁ〜〜……」

波瀾の舞踏会翌日。

今、私の執務机は大量の手紙で埋め尽くされている。

いずれも昨夜の舞踏会の出席者からで、早いもので朝から届き、昼には執務机の上は手紙でいっぱいになってしまった。

内容は大きく分けて二つ。

一つは聖女とレイモンドとの仲についてのあらぬ憶測。

二曲も続けて踊ってしまえば無理はない。

レイモンドが聖女を側妃として娶るのか、とか、勝手にあの二人の関係を憶測して忖度したのか、自分達の派閥は聖女との結婚に賛成だ、という貴族も少なくないのだ。

二つ目は、ぜひ聖女にお茶会に来ていただきたい、というお誘い。

王太子の寵愛を受けているであろう聖女は側妃になる可能性が高いと判断し、今のうちにお近づきになっておきたいということなのだろう。

現国王陛下は王妃様ただ一人を娶られているけれど、この国では側妃が禁止されているわけではない。

もし側妃が召し上げられたとして、側妃に関することを取り決めるのは王妃の務め。

だからこその私へのお伺いなんでしょうけれど……。

……胸糞悪いわ。

あとは、昨夜の陛下の話によってアリサに迂闊《うかつ》に直接話しかけられないと判断したご婦人達による、アリサに対する苦言。

私以外にも、特に秩序を重んじるご婦人方には、あのエスコートや二曲続けての既婚者とのダンスに思うところがある人は多かったようで、

〝王太子妃殿下の心中お察しします〟

というような慰めの手紙も多い。

ありがたいけれど、この苦言をアリサに言わねばならないのは私なのよね？

はぁ……憂鬱。

「頭痛い。胃も痛い」

「……大丈夫ですか？」

ゼルの赤い瞳が心配そうに私を覗き込む。

「ええ、大丈夫よ、ゼル。瀕死状態だけど。今日はこれからレイモンドと一緒に孤児院の視察予定よね。ちょうどいいから、その時にでもレイモンドに言っておくわ。私が直接アリサ本人に言ったら、泣かれてまた怯えられそうだし……」

これ以上【悪役令嬢】ならぬ【悪役王太子妃】扱いされるのはごめんだ。

とりあえず、公務とはいえ久しぶりに二人の時間が取れるのだから、レイモンドがどういうつもりでいるのか、しっかり聞いておかないと。

「そうですか……。あぁ、そういえば、子ども達への手土産のお菓子、全て馬車に積み終わったと、先ほど報告がありました」

「わかったわ。じゃぁ私もそろそろレイモンドと合流して行かなきゃね」

朝からせっせと焼き上げたカップケーキ。

孤児院の皆、喜んでくれるといいんだけど……。

「妃殿下、その前に――」

「？　何かしら？」

「こちらの手紙だけは、可及的速やかにお返事をされた方がよろしいかと」

そう言ってゼルは、手紙の山から三通の手紙を取り出した。

「……」

見なかったことにしたかったのだけれど、やっぱりゼルはお見通しのようだ。

一通はお父様からの。

もう一通はミハイル兄様からの。

そして最後の一通は、一番恐ろしいライン兄様からの手紙だ。

昨日の舞踏会には、もちろん私の実家であるクレンヒルド公爵家の面々も出席していた。

ということは、レイモンドのアレも見ていたっていうことで……。

何も思わないわけ、ないわよね。

特にライン兄様は。

レイモンドと仲悪いし、聖女に対しても嫌悪感を持っているし。

恐る恐る手紙を開いてみる。

まずはお父様の手紙から。

『帰ってきなさい』

ただ一言!?

いつもは立場を考えて丁寧な言葉を綴っているお父様が有無を言わさずただ一言『帰ってきなさい』って……相当怒ってる……わよね？

「き、きっとミハイル兄様の方にメインの内容は任せているのよね、うん、きっとそうだわ。こんな、一言だけなんてありえないものね!!」

二通目のミハイル兄様からの手紙を開いてみる。

えーっと？

『ロザリア、クソヘタレに見切りをつけて帰っておいで。私も、そしてベルも歓迎するよ』

……どっこいどっこいの内容だったー‼

あの冷静で温厚なミハイル兄様が『クソヘタレ』って……。

「あぁ……三通目を開けるのが怖い……」

痛む胃を押さえながらも、私は三通目、ライン兄様からの手紙をそろりと開封する。

『今すぐそいつを捨てて俺のところへおいで。一緒に暮らそう。もうどこにも嫁に行かなくていい。兄妹仲良く幸せに暮らそう』

……やばい。

やばいわよ。

三人とものすごく怒ってるわ。

「ちなみに公爵からは私や殿下、陛下、王妃様にも手紙が届いておりました」

レイモンド達にも？

「えっと……なんて？」

「陛下や王妃様、殿下へのものは存じ上げませんが、私へのものには、窮地を救ってくれて感謝する、と。これからもよろしく頼むと書いてありました。おそらく王妃様へのものもそんなところなのではないでしょうか？　殿下や陛下へのものは……苦言の可能性が高いでしょうけれど」

あぁぁぁっ……‼

ものすごく怒ってる……‼

陛下にまで手紙を送りつけるなんて……。

「ゼル……」

「はい」

「早急にこれらの返事を書くから、すぐに届けるよう手配してもらえる？」

「もちろんです」

今にも乗り込んできそうな三人へ短い時間で必死に返事を書き上げ、それらの手紙はすぐにクレンヒルド公爵家へと届けられることになった。


「――何ですって？」

「だから、すまないが孤児院へはロザリア一人で行ってくれないか？」

お父様達に手紙の返事を書き終えた私は、レイモンドがいるであろうアリサの部屋を（嫌々ながらも）訪れた。

準備ができたからこれから孤児院へ行こうと言った私に、彼は少々疲れた顔で、さっきの言葉を発したのだ。

「前から約束していたわよね？　それを――‼」

「すまない。アリサ殿が、今日これから初代聖女の墓へお参りに行くことになったんだ。その後はドーリー侯爵夫人の茶会に呼ばれている。俺は王太子として、保護責任者として、それについて行かねばならない」

「っ……」

またアリサ？

そんな付き添い役なんて他に適任者がいるでしょう？

最近この部屋へよく訪れているらしい宰相やドーリー侯爵だって、どうせついて行くんでしょうし、何でレイモンドまで……。

それに、ドーリー侯爵家のお茶会なんて私の方には連絡は来ていない。

「ごめんなさい、ロザリア〝さん〟。私、どうしても心細いんです……‼　レイモンド様がいてくれたら、私、お墓参り頑張れると思うんです‼」

墓参りで何を頑張るのよ小娘。

「あなたはお墓参りやお茶会よりも先に、礼儀を覚えるべきね」

私から想像もしていないほどに冷たい声が出てきたことで、レイモンドもアリサもはっと息を呑み、一瞬にして表情を強張《こわば》らせた。

「ロザリア〝さん〟？　私はあなたと友達になった覚えはないわ。それにお忘れかもしれないけれど、私はレイモンドの妻であり王太子妃よ。口を慎みなさい。あぁついでに、貴族のご婦人方からあなたへ、苦情がたくさん来ているわよ。既婚者である王太子殿下と二回もダンスを踊ってどういうつもりなのか、とね。あなたもよレイモンド。こうなることはわかっていたはずでしょう？　ゼルの機転がなかったら、今頃どうなっていたか……。憧れの聖女に会えて嬉しいのはわかるけれど、もう少し自覚を持って行動することね」

私は腕を組み二人を睨みつけながら淡々と苦言を呈する。

ここ最近のイライラのせいか、口からは息をするのと同じようにスラスラと言葉が出てきた。

すると案の定、アリサは目にいっぱい涙を浮かべて、レイモンドに縋りつくように寄り添った。

「そんな……酷いです……‼　私がレイモンド様とずっと一緒にいるからって、そんな言い方……‼」

「事実よ。妻のいる男性をいつまでも頼りにして引き留めているあなたの方がおかしいのでは？　少しは常識と礼儀を覚えなさい」

「っ‼　そんな……、そんなだからレイモンド様は、私のそばにいてくれてるんじゃないですか⁉　あなたのそばにいるのが息苦しくて──‼」

「っ……‼」

「アリサ殿‼」

怒鳴るようにレイモンドが声を上げた。まさか怒鳴られるとは思っていなかったらしいアリサはビクリと肩を揺らしてから「だってぇ……」と彼にしなだれかかったまま俯いた。

「……これ以上議論していても時間の無駄ね。ゼル、行きましょう。孤児院の皆が待ってるわ」

「はい。王太子妃殿下」

「っ、ロザリア、待っ──」

「失礼するわ」

私は必死に動揺を押し隠すと、ゼルを連れてアリサとレイモンドに背を向け、レイモンドの声を聞くことなく部屋を出た。そのまままっすぐ待機していた馬車に向かい乗り込むと、孤児院へ出発した。

〝あなたのそばにいるのが息苦しくて――‼〟

頭の中でアリサの言葉が繰り返し巡る。

私はアリサのように表情をくるくる変えて無邪気にはしゃいだり、簡単に涙を見せたりはできない。

立場上、厳しいことも言わなければならないことだってある。

なかなか素直になれない性格も災いして、ずいぶん可愛げがないお堅い女になったものだとは私も思う。

だからなの？

アリサのところに入り浸るのは。

あぁもう、わからないっ‼


頭を抱えてぐるぐる考えるうちに、孤児院へ到着した。

いけないいけない。笑顔よロザリア。

子ども達に怯えられてしまう。

私は営業スマイルを顔面に引っ付けてから、背筋を伸ばし馬車を降りた。

「王太子妃殿下、お待ちしておりました」

「こんにちは、院長。ごめんなさいね、レイモンドはどうしても外せない用事ができて来られなくなってしまったの。あ、それと、カップケーキを焼いてきたから、後で皆で食べましょう」

私の後ろではせっせと御者達がカップケーキを入れた箱を馬車から下ろしてくれている。孤児院の子ども達や職員皆の分もたくさん作ったから、下ろすのも一苦労だ。

「まぁまぁ、ありがとうございます。子ども達も喜びます。王太子殿下にも、よろしくお伝えくださいまし」

「……えぇ」

伝える機会があればいいけれど。

私がここにお世話になる日も近い――かしらね。

お世話にならずに済んだと思ったんだけど……人生どうなるかわからないものだ。

少しばかり話をしながら院長と施設を見回っていると、ちょうど授業が終わったらしく、見覚えのある長身にメガネの男性が教室から姿を現した。

「ラウル様、ごきげんよう」

「‼　王太子妃殿下‼　いらしてたんですね」

相変わらず穏やかな瞳が、メガネ越しに細められる。

私のそばまで歩いてきたラウル様は、周りをキョロキョロと見てから、レイモンドがいないことに気づき首を傾げた。

「ご視察、ですか？　お一人で？」

「えぇ、そうなの。レイモンドはちょっと……外せない用事が……」

苦笑いを浮かべながら私が答えると、穏やかだった彼の瞳が伏せられた。

「あの突然現れた聖女様とのご用事、ですか？」

「えぇ……小耳に挟みました」

驚いた。ラウル様はそういう話に疎いと思っていたけれど……。

逆に言えば、そんなラウル様の耳にも入るほどに、アリサとレイモンドの仲が噂されている、っていうことなのでしょうね。

「聖女も……心細いのよ。突然この世界に転移してきたんだもの。レイモンドだけが頼りなんじゃないかしら？」

まるで自分に言い聞かせるように放った言葉に、ラウル様の顔がくしゃりと歪められた。

「そう、ですか……。あなたがそうおっしゃるならば……。ですが、ご無理はなさいませんよう。私も、子ども達も、お優しいあなたが苦しむ姿は見たくはありませんので」

「ラウル様……。えぇ、ありがとう」

私がにっこりと微笑むと、ラウル様もほんのりとした優しい笑顔を返してくれた。

「そうだわラウル様。これから子ども達と一緒にカップケーキを食べるの。ラウル様も一緒に食べましょう？」

「王太子妃殿下が？　それはそれは……ぜひご一緒させてください」

「えぇ。じゃ、行きましょう」

その後私は、ラウル様や子ども達と一緒にカップケーキを堪能してから、中庭でたくさん遊び、またゼルと共に城へ戻った。

【side レイモンド】

なぁ、誰か教えてくれ。

俺は何で行きたくもないお茶会に、しかもロザリア以外の女と出席しなきゃならんのだ？

あぁ、いや、わかってる。

全部俺が決めたことだ。

決めたことだが……でもなぁ……そろそろロザリア不足で死ぬぞ⁉

せっっっかく俺の超絶可愛いロザリアとの仲が進展しそうだったのに、今やその良かった雰気も、もしかしたら幻だったんじゃないかってくらい、俺達の仲は最悪な状態にある。

原因は俺の隣でニコニコと笑いながら御令嬢達と茶会を楽しんでいるこの女——ゴホンッ、いや、聖女様である、アリサ殿。

あの日。

舞踏会の途中で突然城の庭園に現れたアリサ殿。

心細そうにしていた彼女に、

「大丈夫だ、聖女様。あなたには、俺達がついている。悪いようにはしないし、あなたを何人からも守ると誓おう」

そう言ったのは、彼女に惚れたからとか、憧れの聖女様だからとかじゃない。

似ていたように思ったんだ。

昔の俺と。

連日お茶会に呼ばれ、側近や婚約者の座を得ようとする猛獣達の中、心細くて一人逃げ出したあの日の俺に。

そりゃ不安だよな。

いきなり別の世界に来て、周りは知らない奴ばかりで。

俺はロザリアが見つけてくれて、そばにいてくれたから大丈夫だったが、この子にはそんな人がいないんだよな、って思ったら、そう言ってしまっていた。

後になってランガルに「あんな恋人に言うようなセリフを王太子妃殿下以外の女に吐くなんて何考えてんすか‼」と叱られてから、あらためて自分が言った言葉にダメージを受けた俺。

違う。

そんなつもりじゃないんだ。

だけどあれから俺を気に入ったらしい聖女様は、俺に何かと依存するようになった。

『食事は一緒にダイニングへ行ってくれないと怖い』だとか、『ずっと一緒にいてほしい』だとか。もちろん俺はロザリアと結婚していることも伝えているが、お構いなしだ。

それでも彼女の頼みを基本断ることなく共に過ごすのには、訳がある。

アリサ殿が転移してきたのは【誰か】が召喚したからで、そこには召喚した人間の何らかの思惑があるはずだからだ。

思惑の内容が正確にはわからない以上、下手な動きをして相手を刺激すれば俺の一番大切なもの《ロザリア》の身を危うくしてしまう可能性があった。

俺とロザリアの結婚は、もちろん俺が強く望んだものだったが、そうは思っていない者も多い。

しきりに自分の娘を押し売りしてくる者達や、どこからか見目のいい女を連れてきては愛妾にいかがかと薦めてくる者達も、未だにいる。

もちろん全て断っているがな。

俺はロザリア以外はいらんし、ロザリアが夜を共にしたくないと言うなら、死ぬまで誰とも夜を共にしない覚悟はある。……いや覚悟はあるがもちろんロザリアとイチャイチャしたい。

他の女とか無理。

とまぁ、そんな奴らが、聖女様を俺の側妃にし、自分がその後見人《こうけんにん》に収まり、俺をいいように操ってこの国の実権を握ろうと考えている可能性が最も有力だった。

俺が聖女様に憧れを持っているのは周知の事実だからな。

聖女にならば王太子を籠絡させることができると考えたんだろう。

実際の俺はロザリア一筋だから、籠絡とか絶対無理な話なのだが、相手がどのようなつもりかわからない以上、ロザリアが狙われる可能性も否定はできない。

だから俺は、父上と相談の末、ロザリアを守るためにも内密に事を進めることにした。極力アリサ殿と行動を共にし、アリサ殿の部屋の隣に用意させた部屋で、アリサ殿の部屋に頻繁に出入りする人物を内密に監視するのが俺の役目だ。

そして……俺はロザリアと距離を置いた。

俺がロザリアと一緒にいなければ、おそらく相手は『愛されない王太子妃は聖女の敵ではない』と侮って手を出さない。

だから俺は夜も、アリサ殿の隣の部屋で一人寂しく過ごしている。

父上との計画は、母上にもロザリアにも知らせていない。

多くの人間に知られて召喚者の炙り出しが失敗してはいけないと考えたからだ。しかし、あまり長引かせるのも得策ではないという父上の判断で、俺の護衛騎士であるランガルにのみ、今朝になってその計画が父上から伝えられた。

計画を知ったランガルは俺にじっとりとした視線をよこして一言「妃殿下に離縁されないうちに終わらせましょ」と言った。

ロザリアと一緒にいられないのは辛いし、あいつに誤解を与えるようなことばかりしているのは心苦しいが……あいつが無事でいられるなら、この距離でいるしかない。

俺の一番大切で、守りたいものだから。

一人で寝るようになって感じる冷たさ。

いつの間にか、眠る時に隣にロザリアがいることが当たり前になっていて、あいつの体温がすぐそばにあることが自然な毎日になっていたんだな。

今のところ怪しいのはラングレス宰相とドーリー侯爵。

聖女の後見人になるにはそれなりの地位が必要だ。

地位の高い者で聖女のもとを頻繁に訪れ、プレゼントを贈ってくるのはこの二人しかいない。

二人とも、ロザリアの父親である有能なクレンヒルド公爵を毛嫌いしているからな。

ロザリアの地位を失墜させたい理由も十分にある。

あぁ……早く終わらせてロザリアのところに戻りたい。

朝のロザリア……怒ってたよなぁ……。

隠密に調査をしているので、調査結果は全て俺が目を通すしかない。加えてアリサ殿と過ごす時間が増えたため、俺ができなかった仕事はロザリアのところに行ってしまっているようだし。舞踏会だって、敵の目を欺くためとはいえ、ロザリアを放っておいてアリサ殿をエスコートをしたうえ二曲も続けて踊ってしまったし。

思い出されるのはゼルと踊るロザリアの美しい姿――。

ドレスもアクセサリーも全て俺の色で揃えてくれていた妻が、他の男とダンスを踊る。

何ともどかしいことか。

あいつは気づいてくれただろうか。

俺の胸に輝くアメジスト《あいつの瞳の色》のブローチに。

くそ……このままじゃまずい。

せっかく縮まっていたロザリアとの距離がまた離れていってしまう。

早急に事を片付けねば……。

俺が腕を組んで頭を悩ませていると、

「――ねぇレイモンド様、そうは思いませんか？」

突然アリサ殿から話を振られて我に返った。

俺は何のことかさっぱりわからず、「へ？」と間抜けな声を上げて聞き返す。

「すまない、ぼーっとしていた」

「もぉー。だからぁ、ロザリア〝さん〟はちょっとお堅いんですよね、って」

は？　ロザリアのこと？

「もう少し柔軟に物事を考えてほしいものです」

「その通りですわ。とても美しい方ですが、融通がききませんのよねぇ」

アリサ殿が頬を膨らませながら文句を言って、ドーリー侯爵夫人が同調する。

このお茶会の主催者であり、出席している女性陣の中で一番爵位の高いドーリー侯爵夫人が同意したことにより、はっきり否定できなくなった他の令嬢達が気まずそうに、曖昧に笑う。

それを彼女の夫である俺の前で言うか。

……いや、だからこそ……か。

「さっきもレイモンド様や私に厳しく色々言ってきて、私とっても怖かったです。人の心ってものがないんで――」

「ロザリアが言っていたことは正しい」

「え？」

無理。

大人しく聞いとくとか無理。

いいよな、少しぐらい。

侯爵や宰相はいないいんだ。

「ロザリアは俺の唯一の妻だ。つまり彼女は王太子妃。そのロザリアを〝さん〟付けで呼ぶのは不敬に当たるし、ご婦人方の苦言だってその通り。ダンスを二曲続けて踊るのは本来妻や婚約者とのみだ。ロザリアはお堅いんじゃない。マナーを弁えた立派な王太子妃であり、俺の【唯一】

であり、大切な妻だ」

まさか俺に反論されると思っていなかったんだろう。

アリサ殿が驚きの表情を浮かべ、膝の上に置かれた両手をふるふると震わせる。

それはドーリー侯爵夫人も、他の令嬢達も同じで、王太子である俺の言葉にようやく自分達の出すぎた発言に気づいたのか青い顔して俯いた。

「不愉快だ。お茶会はこれまで。アリサ殿、帰るぞ」

俺は女性達をジロリと睨むと、席を立ち、戸惑うアリサ殿を連れて城へと戻った。

ドーリー侯爵邸から馬車で城へ帰る間もアリサ殿が何か言っていたが、俺はそれに耳を傾けず、言葉を返すこともなかった。

もう少し。

もう少しで誰がアリサ殿を召喚したのかわかりそうなんだ。

聖女を元の世界へ戻すための複雑な魔法陣はまだ見つかっていないが、神官達が寝る間も惜しんで探してくれている。

もう少しの辛抱だ。

全部終わったら……。

その時は、全てを話して、誠心誠意謝罪して、それで……。

思いを伝えよう。

今度こそ、俺の本当の気持ちを――。

夜、コンコンコン、と部屋の扉が叩かれる。

「俺です」

扉の向こうから聞こえるランガルの声に「入れ」と、手元の書類に目を通しながら短く返すと、執務室で仕事をしている俺に代わってアリサ殿の部屋を監視しているはずのランガルが部屋に入ってきた。

「どうした？　何か動きがあったか？」

「いえ、殿下にお目通り願いたいって人が……」

そう言ってランガルが言葉を濁す。

「こんな時間に？　誰だ？　急ぎか？」

夜間の来客は緊急時以外断っているはず、にもかかわらずということは、何かがあったのだろうか？

「ラウル・クレンス様ですね。今日の視察のことっすかね？　ずいぶん真剣な顔してましたけど、どうします？」

ラウルだと？

俺が孤児院に視察に行けなかったことで、何か不備があったのだろうか？

「ここに通せ」

「りょーかいっ」

そう言ってランガルは一度退出し、俺がしばらく書類を見ながら待っていると、やがてラウルを連れて戻ってきた。

「失礼します」そう言って一礼して入ってきたラウルは、いつもの穏やかな表情ではなく、どこか強張ったような、真剣な表情をしていた。

その表情を見て何かを悟ったのか、ランガルは意味ありげな視線をよこしただけで黙って部屋から出ていった。

「王太子殿下、突然の夜分の訪問、失礼いたします」

「いや、構わない。今日の視察で何か問題でもあったか？」

俺が尋ねると、ラウルの眉間に力が込められた。

「視察は、特に」

「なら一体――」

「王太子妃殿下のことです」

「ロザリアの？」

俺の言葉に被せるようにして放たれた王太子妃の名に、俺はすぐさま反応する。

「殿下。話は、噂話に疎い私のところにも届いております。殿下は聖女様に夢中なのだと」

「それは――‼」

「僭越ながら、王太子妃殿下は気丈に振舞われておりましたが、ややお疲れも見えるご様子でした。恐らく聖女様ご降臨からずっと気を張られているのでしょう。いらぬことを言う者もいるでしょうし」

「っ……」

予想外の話の流れに思わず言葉に詰まってしまった。

はたから見れば、俺がアリサ殿に夢中であるように見えるだろう。

当然だ。監視とはいえ、最近の俺はアリサ殿と常に行動を共にしているのだから。

そしてそれによって、ロザリアにいらぬ苦労をかけているのも事実だと思う。

「不敬を承知で申し上げます。聖女様を娶るおつもりでしたら、もう妃殿下を解放して差し上げてください」

「っ‼」

かい……ほう……、だと？

「それは、離縁を、ということか？」

なるべく平静を装って声を絞り出す。

「はい、場合によっては……。これからも王太子妃殿下よりも聖女様を大切にされるというのであれば、それもやむを得ないのではないでしょうか？」

ラウルが挑むような表情で問いかけてくる。

「……王太子である俺に離縁しろと？　それが十分不敬に値することだとわかって言っているのか？」

「はい……覚悟はできております。しかし、これ以上あのお方が苦しむ姿は見たくありません。離縁されることでまた噂の対象となるのであっても、このまま殿下のそばで、殿下と聖女様が仲睦まじくしている姿を見続けるよりはマシでしょう。孤児院としても、私個人としても、あの方をお支えするつもりで――」

「っ……‼　離縁などしない‼」

思わず勢いよく立ち上がり声を上げた俺をラウルはメガネの奥の瞳を丸くさせながら見つめている。俺は一旦深く深呼吸し心を落ち着けてから、少しだけ声を落として続けた。

「俺は、ロザリアしか見ていない。昔からずっとだ。あいつ以外、何もいらないくらい、あいつだけを愛している。……聖女様と行動を共にするのには、わけがある。それに今は俺がロザリアから離れることが、ロザリアの身を守ることにも繫がるんだ。あいつを苦しませているのもわかっている。だが、あいつが危険に晒されるよりは、ずっといい……‼」

何とか絞り出した言葉。

ロザリアには言ったことがない、俺の本当の気持ち。

「殿下……あなたは……。……今の状態は、妃殿下の身を守るため、ということなのですね？」

俺をまっすぐに見てそう言ったラウルに俺も目を逸らさずに頷く。するとラウルはしばらく考えた後、重い口を開いた。

「……わかりました。私ごときが出すぎた真似を、申し訳ありませんでした。……殿下」

謝罪の言葉を発してから、ラウルは突然、俺の目の前へと跪いた。

「なっ、ど、どうした突然」

「殿下。このラウル・クレンス、――ここに、あなたへの忠誠を誓います」

そう言って真剣な眼差しで俺を見上げたラウルに、俺はごくりと生唾をのむ。

「それは、どういう……」

「私をお使いください。私の知識は、きっとあなたの、そして妃殿下のお役に立つでしょう。一刻も早く妃殿下が心からの笑顔でいられるように、殿下の本当の思いを受け止められるように。

私も尽力させていただきたいのです」

そうだ。ラウルの膨大な知識と考察力があれば、もしかしたら難航している聖女を元の世界へ戻す方法も見つけ出せるかもしれない。

秘密を知る者は少ない方が安全だが、もうあまり時間はない。

「……わかった。俺に、力を貸してもらえるか？」

「はい……‼」

＊　＊　＊

「──という様子で、王太子殿下もアリサ様をとてもお気に召しているようですな」

「そう、良かったわね」

「元の世界へ戻る方法も見つかる保証はありませんし、いっそこのまま城で囲われてはいかがでしょうか？」

「必要ないわ」

「そうおっしゃらずに。王太子殿下の御心に寄り添い配慮をなさるのも、王太子妃の務めでございますぞ」

……うるっさいっ‼

朝っぱらから私の執務室にやってきて、延々とアリサの愛らしさやらレイモンドとの仲睦まじさを語ってくるのは、この国の宰相であるラングレス。

私はこの男が苦手だった。

何度話を終わらせようとしても構わず話を続けてくるし、話の落とし所が摑めない。

いつも優しそうにニコニコとしていて口調も穏やかだけど、なかなかしつこい男なのだ。

父とはあまり仲が良くないようで、そんなに話したことはなかったけれど、聖女が現れてからやたらと私に会いにくるようになった。

そしてやってきては必ず、レイモンド達の親密ぶりを報告し、『側妃にしては？』と提案をしてくる厄介な人だ。

何なのかしらこの人。

ご丁寧にレイモンドと聖女の記録を綴って聞かせにくるなんて‼

暇なの？

それとも張り付いて動向を逐一記録したいくらいレイモンドのことが好きなの？

いい迷惑だし余計なお世話だわ。

毎度美味しい焼き菓子や茶葉まで持参して、機嫌を伺いに来ているのか神経を逆撫でしに来ているのか……。こちらが用意しなくても勝手に自分で持参した茶葉で紅茶を淹れて居座るのだ、この男は。

とはいえ、ラングレスの家は王家に近しい家柄でもあるし、陛下や王妃様がご結婚される前から宰相だったという立場がある以上、邪険にはできない。

「王太子妃様、夫の真の願いに気づき、先に行動して差し上げるのも、良き妻というものです」

「そうね。でもあなたに言われる筋合いはないわ」

とりあえず、私達のことに他人は口出ししないでほしい。

あぁもうイライラする‼

コンコンコン――。

私の怒りが拳になって現れそうになったその時、執務室の扉がノックされた。

「どうぞ」

「失礼します」

扉を開け、姿勢を正し丁寧にお辞儀をしてから入ってきたのは私の侍女のサリー。

先客の宰相がいたからか、どことなく表情が固い。

「来客のところ失礼いたしますが、王妃様が妃殿下に、これから中庭で、二人でお茶会はいかがかと……」

「王妃様が？」

助かった、と心の中で安堵の息をつく。

これを口実にでもしないと延々と夜まで宰相からレイモンドと聖女の話を聞かされそうだもの。

「すぐに行きます、と、伝えてちょうだい」

「わかりました」

私が返事をするとサリーは私に向けて頭を下げてから、再び部屋を出ていった。

「さぁ、聞いていたでしょう？　私はこれから王妃様のお茶会に行くから、お引き取りくださいな。ラングレス宰相」

ナイスタイミング王妃様‼

ラングレス宰相は悔しそうにギリリと奥歯を噛み締めてから、「わかりました。また伺います」と言って、部屋から出ていった。

もう来なくていいわ。ゼルに『宰相お断り』の看板持って立っててもらおうかしら。

入れ替わりに入ってきたゼルは、「お疲れ様でした」と言って水差しからグラスに水を注ぐと、私の前へと置いてくれた。

「ありがとうゼル」

「これから王妃様のところへ？」

「ええ。一緒に来てくれるかしら？」

「はい。もちろんです」

と、その前に――。

私はくいっと目の前の水を飲み干した。

何だか喉が渇いていけないわ。

しゃべりすぎたのかしら？

「ぷはぁ～～っ、生き返る‼」

「……妃殿下……」

何も言わないでゼル。

本当、疲れたのよ。


「王妃様、お招きいただきありがとうございます」

「ん？　誰って？」

あ……。

「お、お義母様、お招きいただきありがとうございます」

「うんうん、来てくれてありがとう、ロザリア」

先に薔薇の花が美しく咲き誇る庭園に用意されたテーブルについて紅茶を飲んでいた王妃様が「まぁお座りなさい」と私に席を勧める。相変わらず可愛らしいお方だ。

こういう女性がきっと好かれるのだろう。

「突然ごめんなさいね」

「いいえ。とても、助かりましたから……」

本当、素晴らしいタイミングだったわ。

もう少しで拳で、いえ、剣で語り合うところだったもの。

「あら、何かあったの？」

「いいえ、少し……。宰相が朝からいらして二時間ほどお話になっていただけですわ」

そう、二時間。

お茶も出さずに、早く帰れという圧をかけていたにもかかわらず、二時間も粘ったのだ。

「あぁ……ラングレス宰相ね。あの人も懲りないわねぇ」

「懲りない？」

呆れたように頬に手を当ててため息をつく王妃様に、私は紅茶を飲む手を止めて聞き返した。

「えぇ。私が陛下と結婚した時もね、それはもううるさかったのよ。自分の娘を側妃に召し上げるのはどうかってね」

まさかの常習犯……‼

「ほら、王妃なのに私に子どもはレイモンド一人でしょう？　だから当時は色々言われてね……。宰相を含めたくさんの貴族が、陛下に自分の娘やどこからか連れてきた女を薦めてきたわ。何度私の拳が唸ったか」

唸ったんだ……。

王妃様はレイモンドを出産した直後、体調の悪化が続き、二度と子どもを産めない身体になってしまった。だから王妃様のお子はレイモンドただ一人だ。

周りが放っておくはずがない。

「もうね、辛かったわ。陛下を愛しているのに側妃を認めるなんて……。でもね、陛下が……。あの人がある日、夜会で宣言したの。〝私にはレインしかいらない。次に他の女を薦めてきた奴は牢にぶち込むぞ‼〟ってね」

「牢に……」

何とも豪快な宣言だけれど、王妃様の幸せそうな顔を見たらその宣言は正しかったのだとわかる。

本当に陛下と王妃様はお互いに愛し合っていらっしゃるのね。

「それからパッタリと、女性を薦める愚か者はいなくなったわ。ラングレス宰相も他の貴族達も私の時に失敗したからって、あなたにしつこく言い寄ってるんでしょうね……。あの人、穏やかそうに見えてとても野心家だから」

「野心家？」

「ええ。陛下があの宣言をした直後ぐらいにね、私、殺されかけたのよ――多分、ラングレス宰相にね」

王妃様が声を潜めて言う。

「ラングレス宰相に⁉」

予想だにしていなかった発言に思わず声を上げてしまってから、私は慌てて手で口を押さえた。

殺されかけた……って……。

そんなことした人を宰相なんて地位にしたままでいいの⁉

この国どうなってんの⁉

「多分、よ。証拠は何もないの。ラングレス家は元は王家の流れを汲む名門。だから怪しいというだけで裁いたりとか、地位を剥奪したりすることも迂闊にできなくて……。でもね、変だと思わない？　レイモンドがお腹にいる時は私、とても元気だったのよ？　それが出産して、体力も回復してきたかなっていうところで倒れてしまった。そして陛下の『牢にぶち込むぞ』宣言後の私の毒殺未遂。その後の陛下の病気。二人揃って急によ？　ラングレスは自分の娘を王妃にしたがっていた。私が結婚した後は、今度は娘を側妃にと言い出して……よほど権力に近いところにいたいんでしょうね。だから私達二人の疑いは宰相に向いたの。でも、何年経っても証拠は出てこないから、疑いのまま、見張りをつけている状態なんだけどね。まぁ当時は産後の肥立《ひだ》ちが悪くて、と誰もが思っていたし、実際そうなのかもしれない。もしかしたら勘違いかも……。でも、用心しておいた方がいいわ。下手に彼を刺激しない方が――ロザリア、大丈夫？」

心配そうに私の顔を覗き込んだ王妃様に、私は綺麗に笑ってみせる。

「大丈夫ですわ。私は」

自分に言い聞かせるように発したその言葉に王妃様は一層心配の色を濃くさせた。

「ねぇロザリア、きっと大丈夫よ。もしかしたらレイモンドにも色々考えがあるのかもしれないわ。あの陛下のお子だもの。不実なことはしないはずよ」

「……えぇ……。そうであってほしいと、願っております」

紅茶を一口、口に含む。

今日は何故か喉が渇く。

カラカラになった口内が紅茶でゆっくりと潤っていくのを感じる。

頭も重痛いし、少し疲れているのかしら？

そこまで考えてから私の身体は制御を失い、私はそのまま椅子からこぼれ落ちるように芝生の上へと倒れてしまった――。

「ロザリア⁉」

「妃殿下⁉」

王妃様とゼルの声がする。

にわかにあたりが騒がしくなってきた。

あぁでももう……。

目が重くて……。

少し、眠らせ――……。

そのまま私の意識は、深層へと沈んでいった。

熱い……。

胸が苦しい……。

息ができない……。

どこもかしこも真っ暗闇。

ふわふわとした無重力空間で、私はまるで母親のお腹の中で漂う赤子のように流れに身を任せぷかぷかと浮いていた。

あぁでもこの感覚……気持ちいい。

何を考えているのかわからないレイモンドも、人の夫に依存する聖女も、煩わしい貴族達も誰もいない。いるのは私、ただ一人だけ。

もういっそずっとここにいようかしら。

本気でそんなことを考えたその時だった。

私のすぐ目の前に、大きなモノクロの映像が映し出された。

「これ――……」

男の子が一人、庭の隅で蹲っているところ。

その隣にいるのは――私だ。

これは私とレイモンドの、出会いの場面。

前世の記憶が少しだけあった私は、レイモンドと関わる気なんてなかったのに。

あまりにレイモンドが苦しそうで、放っておけなかったのよね。

『上辺だけの友人や、権力目当ての婚約者候補なんて嫌だ。皆ギラギラした獣のような目で、俺の地位しか見てない。もう嫌なんだ。怖いんだ』

そんなレイモンドの弱音をひとしきり聞いて、私は持っていた手作りのクッキーをあげたんだ。

モノクロだった映像は次第に色づき始めた。

小さな私が、小さなレイモンドの口にクッキーを突っ込む。

『ゴフッ‼　むぐぐっ（お前、何をっ）……‼　……ん……これは……美味しい……‼』

『つかれたからだには、あまいものと、てきどなしおみがいいんですよ。おつかれさまです、でんか』

『あぁ……ありがとう……』

『でんか、だいじょうぶです。でんかのことをほんとうにあいしてくれるひとは、かならずいます。ともだちだってそう。むりにつくらなくていい。しぜんでいいんです。あいするひとをみつけたら、そのひとをしっかりまもってあげてください。おうじさまは、おひめさまをまもるためにいるんですから』

『‼　……あぁ。必ず守るよ。――ロザリア』

『わたしじゃないです。あいするひとを、です』

『わ、わかっている‼　……ほら、手、出せ。公爵のところまで送っていく。また迷子になられても困るからな』

『はい‼　ありがとうございます、でんか』

映像はそこで終わって、ゆっくりと暗闇に溶けた。

それと同時に今度は私の背後で別の映像が浮かび上がった。

今度は何だろう？　と振り返る。

ぁ……小さなレイモンドが小さな私をおんぶしてる。

小さなゼルが心配そうにそれを見てる。

……これは――。


『レイモンド‼　危ないから私が背負います』

『いえ、私どもが‼』

『だめだ。ロザリアは俺が背負う』

『殿下、おろしてください。一人で歩きますから』

『お前は大人しくしていろ』

私がスチュリアス公爵領のアクセルの仕立て屋の通りで転んで怪我をした時の記憶だわ。

ゼルや護衛が止めるのも聞かず、レイモンドは私をおんぶして歩いていく。

『俺は、お前を誰かに任せるのは嫌だ』

『え？』

『絶対に守ってみせる。王子は、姫を守るためにいるんだろう？』

『殿下……』

そうだ。あの時私は、レイモンドに恋をした。

それはまだ小さな恋の蕾で、目で追う度に彼を知って、蕾は膨らみ、そして好きになった。

酷いことばかり言うけど、私が泣きそうになると、その後自分も泣きそうな顔をしたり。

城で働く人達の事情を把握して、皆が働きやすい空間になるように配慮していた。

お勉強も剣の修行も、手を抜くことなく頑張っていて……。

笑顔の裏でたくさんの努力を重ねていたレイモンド。

どれだけ疲れていても弱音を吐かずに頑張り続けるのよね。

実際、出会った時以降、彼の弱音を聞いたことはない。

一人っ子で、国を背負うのは自分しかいなくて、きっとたくさん苦しんだに違いないのに。

そんなレイモンドだから、私は彼をそばで支えたいって思ったんだ。

「ロザリア……。ごめん――。……愛してる――」

誰かの苦しげな声が脳内に響いて、やがて映像はまた闇に紛れ、刹那、私の意識は深層から、ぐんっ――と浮上した。

【Side レイモンド】

ロザリアが倒れた。

その知らせを受けた俺は、ある調査をしていたランガルに急遽アリサ殿の部屋の監視を任せ、すぐにロザリアが眠っているであろう俺達の寝室へ向かった。

やっぱり、無理をさせていた……!!

守りたいのに。俺が一番大切で守りたいものはロザリアなのに。

俺はいつも間違える。

間違えて、後悔して、その繰り返しだ。

部屋の前で苦悶に満ちた表情で佇むゼルに会った瞬間、あいつは目を見開き、そしてすごい速さで俺のそばまで来ると、躊躇うことなく俺の胸ぐらを掴み上げた――‼

「あなたは……‼　何で……何でこうなるまでロザリアと会話をしなかったのです⁉　あの方は毎日一人、何も言わずに離れていったあなたに戸惑いながら不安に満ちた日々を送っていたのですよ⁉」

「っ……」

「聖女がいいのなら、何故ここに来たんです‼　名ばかりでも夫としての義務だからだとでもお思いですか？」

ゼルが怒りを含んだ声をぶつけてくる。

「違うっ‼　俺は、好きでアリサ殿と一緒にいるわけじゃない‼　俺の唯一は、ロザリアだけだ‼　名ばかりの夫？　義務？　俺はただロザリアが……あいつが心配で……‼」

「それが今更だというんです‼」

「っ……‼」

……確かにそうだ。

俺は言い訳も説明も何もできていない。

アリサ殿との間に何もないとはいえ、たびたび様子を窺いにアリサ殿の私室を訪れたり、ロザリアを守るためとはいえ、何も告げず夜も夫婦の寝室に戻ることなくアリサ殿の監視を続け、ロザリアとはほとんど顔を合わせなくなった。

ただ父上に言われた通り、人に知られることなく極秘裏に問題を自分の手で何とか解決せねばと思いすぎて、俺はあいつの不安を放置していた。

元々ロザリアは俺のことなんてどうとも思っていないのかもしれない。

それでも俺は、ロザリアにそばにいてほしくて一方的に結婚を決めた。

いつか、振り向いてくれればそれでいいと思っていた。

その結果がこれだ。

今更。

ゼルの言うことは正しいのかもしれない。

でも……。

「……理由は……言えない。でも、これだけは……!!　俺はロザリアだけを愛してる。今は表立って一緒にいることはできないが……あいつを守るためにも……」

「……何か、計画を遂行中、だということですか？　あの方を守るために？」

俺はその問いにゆっくりと頷く。

「ッ……」

すると俺の胸ぐらを掴んでいたゼルの手がゆっくりと解かれた。

「……失礼いたしました。……お通りを」

「あぁ……」

「ですが……それはあの方を苦しめていい理由にはなりません。あなたは、言葉が足りなすぎる」

　本当、そうだよな。

　俺の事情は俺の事情だ。

　あいつを苦しめていい理由にはならん。

「大切な人のためにしたことが、その大切な人自身を傷つけては本末転倒。これ以上あの方を苦しめるならば……あの方は私がいただきますよ？」

　ゼルの赤い目が鋭く光る。

　――本気だ。

「……あぁ……わかっている」

　俺は短く返すと、部屋の中へ静かに足を踏み入れた。

　ベッドのサイドテーブルの灯りだけがぼんやりと灯った部屋は薄暗い。

　あぁ……この匂い。

　俺達の部屋の匂いだ。

　俺はベッドの上で苦しそうな息づかいで眠る愛しい妻を見下ろす。

　まだ顔が赤い。

　やっぱり辛いんだろうな。

　額や首筋に汗が滲んでいる。

「ロザリア……。ごめん――。……愛してる――」

　囁くように、眠る彼女に愛の言葉をおくる。

起きている時には言えなかった言葉。

唯一彼女のためだけにある言葉。

もう少しここにいたいが、行かなければ……。

俺はロザリアの髪をそっと撫でてから、後ろ髪を引かれる思いで部屋を出た。


「ゼル」

「……何か?」

ジロリと睨みつけるように、部屋から出てきた俺に答えるゼル。

「俺が今ここに来たことは他言無用だ。ロザリアの安全のためにも」

「……わかりました。——殿下」

「ん?」

「もう少し周りをお頼りなさい。もし陛下が口止めをしているのだとしても、もう少しあなた自身の考えで、あなた自身のお心のままに行動なさいませ。自身の意思と判断で物事を進めるのも、次期国王として大切なことだと、私は思います」

自分の判断で——周りを……。

そうかもしれない。

父上の言うがまま、実質俺とランガルだけで捜査をしているが、それでは遅すぎる。

俺が何も言わないせいで、何もできないせいで、ロザリアに心労をかけてしまった。

これ以上長引かせるわけにはいかない。

「……あぁ。そうだな。……ゼル」

「はい」

「頼めるか？」

俺の言葉にゼルは僅かに表情を和らげた。

「もちろんです」

＊　＊　＊

「ん……」

「‼　妃殿下‼」

「ぁ……サリー……？」

サイドテーブルにランプが灯るだけの薄暗い部屋の中、目の前には泣きそうな顔をしたサリーの姿。

「ど……したの？　こんなところで……」

ここ――私とレイモンドの寝室、よね？

確か王妃様とお茶をしていたはずなのに、何でベッドに……？

身体を起こそうとする私を、サリーの白い手が制した。

「どうかそのままで。妃殿下はお倒れになったのですよ。王妃様とのお茶会の途中で。お医者様は心労と過労による発熱だろうと……。でも、昼からずっと目を覚まさないし……心配しました……‼」

「そう……心配かけてごめんなさいね、サリー」

涙を浮かべて私に縋り付くサリーの背を、トントンと宥めるように叩く。

過労と心労、か……。

確かに最近まともに休めていなかったし、眠れていなかったものね。

眠ろうとすればレイモンドとアリサのことが浮かんで、やっと眠ったとしてもまた二人の夢を見て飛び起きる。そんな日が続いたら、そりゃ倒れもするわ。

「王妃様にも心配をかけてしまったわね」

「先ほどお水を持ってきたばかりなので、まだ冷たいでしょう。こちらで喉を潤してください」

そう言ってサリーはサイドテーブルに置いてある水差しから、コップに水を注いでくれた。

「お食事はいかがなさいますか？　もし何か召し上がれるようでしたら――」

「いいえ、いらないわ。お水で十分」

ごくごくと喉を鳴らして水を飲む。

「かしこまりました。では、私は妃殿下がお目覚めになったこと、王妃様や殿下にお知らせして参ります」

「ええ、ありがとう、サリー」

力なく笑う私にサリーはふんわりと微笑んで返すと、部屋から出ていった。

「ふぅ……」

まだ身体が重い。

「平気なつもりだったのに……」

身体はそうではなかったようだ。

「……皆に、心配をかけてしまったわね」

誰がいるわけでもない一人の部屋でそう呟いて、ただただ目の前の天蓋を見つめる。

レイモンドは……私が倒れたと聞いてどう思ったかしら？

少しは心配してくれた？

……いや、ここに今いないのが答えだ。

でもあの暗闇の中で聞こえた苦しそうな声は？

あれは……私の都合のいい幻聴？

少し、疲れてしまったのかもしれない。

この状況に。

コンコンコン――。

「妃殿下」

低く静かな声が私を呼ぶ。

「どうぞ。入っていいわ」

私が許可を出すと、「失礼します」と言いながら無表情な私の護衛騎士が部屋に入ってきた。

「ゼル、心配かけてごめんね」

目の前で倒れたのだ。ゼルにも心配をかけてしまっただろう。

「……いえ。サリーから妃殿下がお目覚めになったと聞いて……お休みのところ、不躾に申し訳ありません。しかし……ご無事で、本当に良かった……」

心配そうに歪められた表情が、どれだけ心配をかけたかを物語っていて、とてつもなく申し訳なさを感じる。

そういえばゼルはずっと部屋の外で警護してくれてたのよね？

ならレイモンドが来たのかどうかわかるかしら？

私はゆっくりと身体を起こすと、ゼルに尋ねた。

「ねぇゼル、私が眠っている間、レイモンドが来なかった？」

「っ……いえ……」

ぴくりと眉を動かしてから否定の言葉を紡ぐゼルに、私はあぁやっぱり、と肩を落とす。

来るわけないわよね。

好きでもない私が倒れたところで、レイモンドには関係ないものね。

うん、決めたわ。

「ゼル。私、明日実家に帰るわ」

「――は？」

「うん、決定よ。そうと決まれば……、ゼル、馬車の手配とクレンヒルド公爵家へ先触れをお願い。私は明日のためにもこのまま寝るわ」

そう言って再びベッドに横になると私は布団を被った。

「わ……わかりました。では、そのように……。……おやすみなさいませ、王太子妃殿下」

戸惑い交じりのゼルの声が布団越しに聞こえ、扉が閉まる音がした。

実家に帰って、それで――。

考えるままに、私の意識は再び奥深くへと沈んでいった。

「じゃぁゼル、お願いね。少し頭を冷やしてくるだけだし、明日の午後には帰るから」

「はい。いってらっしゃいませ」

私はこれから実家であるクレンヒルド公爵家へと帰省する。

倒れた日の翌朝、療養のため実家に一度戻ることを王妃様に伝えると「それもいいわね。しっかり休んでいらっしゃい」と快く言ってくれた。

昨夜唐突《とうとつ》に帰ることに決めて連絡をしたにもかかわらず、迎えに来てくれた兄二人が馬車から降りて、厳しい表情でこっちを見ている。

「……やっぱり帰るのやめようかしら」

オーラが禍々《まがまが》しい。

「やはり私も――」

送りに来てくれたゼルが心配そうに言う。

「いいえ。ずっと私についていてくれていたんだし、少しゆっくりなさい。公爵家は近いし、無双状態の兄達もいるし、私もほら、強いから。大丈夫よ。家から出ないし、それにサリーもいるもの」

ゼルにもきっと心労をかけているでしょうし、少しの間でもしっかりと休んでほしい。

「……わかりました。本当に、お気をつけて」


「えぇ」

私は後続の馬車に最後の荷物を積んでいるサリーに合図すると、兄達の待つクレンヒルド公爵家の馬車に乗り込んだ。

私達が乗ったのを確認すると、馬車の車輪がゆっくりと回り始める。

窓からもう一度ゼルに手を振ると、ゼルの姿はあっという間に小さくなっていった。

「ロザリア、あいつは？」

「あいつ？」

「殿下だよ殿下」

仮にも王太子をあいつって……ライン兄様……。

「レイモンドには言っていません」

「「――は――？」」

窓枠に肘をついて窓の外の景色を見つめながら私が言うと、ミハイル兄様とライン兄様の声が重なった。

ギョッとした表情で固まる美形二人。

我が兄ながら非常に面白い顔をしている。

「い、いいのか？　無断で家に帰って……」

「あれ、一応王太子だぞ？」

一応でもそれわかってたのね、ライン兄様。

「いいんです。王妃様には許可をいただいているので。それに――……」

すん――……と冷めた目で私は虚空を見つめる。

「あちらは何も言わずに好き勝手をしているというのに、何故こちらだけが言わなければならないのでしょう？」

もうね、ぐじぐじ考えてたら、イライラしてきたのよね。

何で私がこんな扱いを受けなければいけないの？

何かあるなら言ってくれなきゃわからないのよ‼

説明すらないんだから、あっちがその気ならこっちだって同じやり方でいかせてもらうわ‼

「あまり甘く見てもらっては困りますわ。それに、ゼルもいるし、大丈夫でしょう。何かあればうまくやってくれるはずです」

「わぁ……ロザリアがキレてる……」

頬を引き攣らせながらライン兄様が言うけれど、私だって大人しくやられてばかりでたまるもんですか。

少しゆっくりもしたかったし、ちょうどいいわ。

「それより、突然お邪魔することになってごめんなさい。ミハイル兄様、ベル義姉様達は大丈夫でしょうか？」

結婚式前で忙しいでしょうに、迷惑をかけてしまって申し訳ないわ。

「大丈夫だよ。ベルも父上も母上も、ロザリアが帰ってきてくれて嬉しいんだから。ついでにラインハルトも久しぶりに帰ってきたし、賑やかになっていい。それにな——立場は変わっても、お前も、それにラインハルトも、私の大切な妹と弟なんだ。だからまた一緒に過ごせるなら、それは幸せ以外の何ものでもないんだよ」

「お兄様……ありがとう、ございますっ」

ミハイル兄様の優しい言葉に、つい涙腺が緩む。

「俺も、可愛いロザリアと、優しいミハイル兄さんがいて幸せだなぁ。もういっそ三人で暮らそ？」

「お前ねぇ……。私はもうすぐ結婚して、ベルと仲良く暮らすんだぞ。三人だけじゃダメだろ」

「え～」

ライン兄様……。

「ふふっ」

久しぶりの兄妹の会話に花を咲かせながら、私達はあっという間に実家であるクレンヒルド公爵家に到着した。

「ロザリア‼」

「お父様‼」

馬車から降りるなり、外で待ち構えていたお父様が私をぎゅっと抱きしめ歓迎してくれた。王太子妃としてではなく、娘を迎える久しぶりのハグに、私の頬も自然と緩む。

大きくて温かい。

それに、久しぶりのお父様の匂い。

「ロザリア、おかえりなさい」

「おかえりなさい、ロザリア」

「お母様、ベル義姉様。ただいま戻りました。お忙しいところ申し訳ありませんが、少しの間、お世話になります」

屋敷から出てきたお母様やベル義姉様に挨拶をすると、二人共にっこりと微笑んで歓迎してくれた。

あぁ、何だか安心する。

生まれ育った我が家の存在は偉大だ。

「うんうん。ゆっくりしなさい。お前の部屋はそのままにしてあるから」

「ありがとうございます。じゃぁ部屋に荷物を置きにいって参りますね」

私は十八年間住み慣れた生家へ、数ヶ月ぶりに足を踏み入れた――。

【Side アリサ】

朝からいつもの通りに学校に行って、帰ってからおやつを食べながら本を読んでいた、はずだった。

突然眩しい光に包まれたと思ったら、私は知らない場所にいた。

最初はどこだかわからなくて戸惑っていたら、突然現れた腰に剣のようなものを差した騎士っぽい服の男達が私を取り囲み、両腕を摑むと、私は訳もわからないまま移動させられた。

そして連れてこられたのは、中世ヨーロッパの貴族のような格好をした人達が集う、広くて天井も高いホールのような場所。

王様らしい人が何かを言ってその場が解散になり、再び移された部屋で話が進んでいく中、私は目の前のものすごくかっこいい男の人から目が離せなくなった。

だってその男の人は、私が読んでいた小説のヒーロー、レイモンド様そのものなんだもの‼

私と同姓同名のヒロインが聖女として召喚されて、超美形の王太子レイモンド様と恋をするラブストーリー。挿絵のヒロインもどことなく私に似てて、お気に入りだったのよね。

――本物の異世界転移。

まさかヒロインと同姓同名である私が、小説と同じような異世界に転移をするなんて。

もしかしてあの本、こうなることを予知していた魔法の本だったのかしら⁉

可愛いドレス、綺麗な宝石、美味しい食事。

これからここが、私のお城になるのね‼　――なんて、喜んだのも束の間、何とレイモンド様は、あの悪役令嬢ロザリアと結婚してしまっていた。

嘘でしょう⁉

確か小説では、レイモンドとロザリアが婚約中に聖女が転移して、悪役令嬢とは婚約破棄するのに……‼

私はどうにか本の通りに物語を動かそうと、レイモンド様に「心細いからずっと一緒にいてほしい」とお願いした。

でもレイモンド様ったら「心細い気持ちはわかる。なるべく早く元の世界に戻れるよう、努力しよう」って、私の気持ちを全くわかってない様子だし。

「心細いから朝食は一緒に食べてほしい」というお願いや、「この世界のことを教えてほしいから部屋に来てほしい」というお願いは叶えてくれた。

だけど「不安だから夜も一緒にいて」というお願いだけは、絶対に叶えてくれない。

「俺にはロザリアがいるから、それはできない」って。

そればかり。

高校デビューする前の、容姿に無頓着だった私ならともかく、こんなに可愛い女の子が目を潤ませてお願いしているっていうのによ!?

ありえない。

レイモンド様……涸《か》れてるの？

それともこの世界のレイモンド様は物語のレイモンド様とは違うの？

でも、「舞踏会でエスコートしてほしい」っていうお願いも「もう一回踊ってほしい」ってお願いも叶えてくれたから、そんなことはないわよね？

それでも踊っている最中、レイモンド様は一度だって私の目を見てはいなかった。

ずっとロザリアの方を見ていたのを、私は気づいてしまった。

何で？

おかしくない？

物語がどういう方向に動いているのか、全くわからない。

レイモンド様は、初代聖女のお墓参りをして祈りを捧げるとかっていう行事もロザリアとの公務をキャンセルして一緒に来てくれたし、お茶会だって一緒に参加してくれた。これってイベントが進んでるってことで……いいのよね？

だけど、そのお茶会は最悪だった。

『ロザリアは俺の唯一の妻だ。つまり彼女は王太子妃。そのロザリアを〝さん〟付けで呼ぶのは不敬に当たるし、ご婦人方の苦言だってその通り。ダンスを二曲続けて踊るのは本来妻や婚約者とのみだ。ロザリアはお堅いんじゃない。マナーを弁えた立派な王太子妃であり、俺の【唯一】であり、大切な妻だ』

怒っていた。

あのいつもキラキラした正統派王子様のレイモンド様が、低い声で私達を睨みつけて。

もう何なのよこの世界‼

ヒロインは私のはずなのに、全然物語通りにならないじゃないの‼

でも、どうやらロザリアは今日から実家に帰ってるみたいだし、これはチャンスよ。

絶対にレイモンド様を手に入れてみせるんだから‼

レイモンド様と結婚するのは私よ。

多少強引にでも、物語をあるべき正しいストーリーに戻さなきゃ。

＊　＊　＊

うららかな昼下がり――。

クレンヒルド公爵家の庭にあるガゼボで、私はベル義姉様と久しぶりのお茶を楽しんでいる。

艶やかな黒髪にすらりと長い手足。

少し垂れ目の穏やかな緑色の瞳。

美しい所作。

ベル姉様は私の憧れだ。

私はどちらかというと吊り目気味で、強そうな印象に取られがちだから、ベル義姉様みたいな容姿に憧れる。

「ごめんなさい、ベル義姉様。結婚式まであと少しの忙しい時に……」

結婚式前でただでさえ花嫁はナイーブな時期でもあるのに。

ベル義姉様には申し訳ない。

「いいのよ。もう準備も終わっているし、私はもう一年もここで暮らしてるんだから、今更不安もないわ。それより、ロザリアとこうしてまたお茶できるなんて幸せよ」

そう言ってにっこりと微笑んでくれるベル義姉様に、私は心の中で合掌する。

こんな素敵な天使のような人をお嫁にもらえるなんて……ミハイル兄様は幸せ者ね。

爽やかに香るハーブティーを一口口に含むと、ずっとモヤモヤしていた頭が少しだけすっきりしてきた。

「ベル義姉様がミハイル兄様のお嫁さんになってくれて良かった」

「あら、でも私がミハイルを好きになったのは、あなたのおかげなのよ？　ロザリア」

クスクスと上品に笑い、綺麗な笑みを浮かべるベル義姉様に、私は驚いて首を傾げる。

「私の？」

何かしたような心当たりが全くない。

「ええ。……私、男の人って苦手だったのよ。ほら、ミハイルの前に、小さい頃から婚約していた人がいたの、あなたも知ってるでしょう？」

「え、えぇ……」

それはもう何年も前。

一時期、社交界の話の中心だった事件。

ベル義姉様の前の婚約者が、結婚する直前になって他の女性と駆け落ちしてしまったのだ。もちろんラング伯爵家は、このまま逃してなるものかと伯爵家総出でその元婚約者を探し出したけれど、見つけた時にはすでに相手の女性は身篭っていて、婚約は相手の有責で解消された。

「あれから私、男の人を信じることができなくて……。もういいやってこの年まで婚約者を決めることなくきたの。クレンヒルド公爵家からミハイルとの結婚を打診された時もね、最初は色々と理由をつけて断ろうとしてたのよ」

「え⁉」

お兄様、フラれるところだったの⁉

二人はとても仲が良くて、恋愛からの婚約だと思っていたから、少し驚いた。

「ふふっ。でも顔合わせの時にね、彼、すぐに帰っちゃったのよ。お義父様達を置いて、一人でね」

「は⁉　何をしているのお兄様⁉」

思わず言葉が漏れてしまったけれど仕方がない。

お相手と両親を置いて帰っちゃうなんて……。

「びっくりよね？　でもね、あの人言ったの。『妹が泊まり込みの王妃教育から帰ってくる時間が早まったようだ。家で迎えて、安心させてやりたい。あなたは素敵な女性だけれど、私にとっての一番は家族だ。そしてできればあなたにその家族になってほしい。ゆっくりと考えて、答えを出してほしい』って」

「ぁ……」

兄様が婚約をした二年前、私は王妃教育の総仕上げとして、一ヶ月の間城に泊まり込んでいた。そしてそう、私が帰ってくる日。

急に予定よりも早く帰ることになった私を、ミハイル兄様が笑顔で迎えてくれたのだ。

あの時は何も考えずただ迎えてくれたのが嬉しくて、家族に久しぶりに会えた喜びでいっぱいだったけれど……そうか、大事な顔合わせを途中で帰ってきていたなんて……。

「何て誠実で、愛情深い人なんだろうって思ったわ。この人の家族になれたら、こんなふうに大切にしてくれるのか、ってね」

そんな見方があったのか。

私なら、私と家族どっちが大切なの⁉　ってモヤモヤしてしまいそうなところだけれど。

「実際会ってみたら、本当に仲がいい兄妹で微笑ましかったわ。彼があなたたちを大切にしているのがわかったし、あなた達もそうだとわかったから。だからね、私、ミハイルに言ったの。『私もあなたの家族にして』って。そう思わせてくれたのは、ラインハルト様やロザリア、あなたでもあるのよ」

知らなかった。

そんな婚約秘話があったなんて。

「その時にロザリアを邪魔だなんて思う人だったなら、私、婚約してないわ。だから堂々としていて」

「ベル義姉様……」

ここには私を邪魔だと思う人はいない。

あそことは違う。

そのことに、重くのし掛かっていたものがふわっとどこかへ飛んでいってしまったように、心が軽くなった。

「夫婦や恋人って、色々あり方があって、どれが正解とかじゃないと思うの。時には言葉が足りなくてすれ違う時もあるし、喧嘩だってするし、泣いてしまう時だってある。でもね、少し落ち着いて、ゆっくりと考えて、お互いに話をするの。私達だって、思いをぶつけてすっきりさせることが、何度もあったわ」

「ミハイル兄様とベル義姉様が⁉」

驚きのあまり思わず前のめりになった私は、ガタン、とテーブルを揺らす。

こんなに仲良しなのに⁉

「えぇ。向こうが完全に悪い時は、少しお仕置きだってするわよ？」

「おし……おき……」

こんな温厚な義姉様がミハイル兄様をお仕置きだなんて、想像つかない。

「ふふっ。だからね、何があっても、話はきちんとしないとね。それこそ、無理矢理にでも場を作って。じゃないときっと後悔するわ」

「義姉様……」

話を……。

そういえば私、今までずっと待ってるだけだった。

言われるままにゼルと舞踏会に出て。

言われるままに毎日仕事もこなして。

今日も帰ってこない、とベッドで待ちぼうけて。

首根っこをひっ捕まえてでも、話をするべきだったのだ。今からでもきっと遅くない。

一応、まだ夫婦なのだから。

「ありがとうございます、ベル義姉様。私……レイモンドとちゃんと話をつけます」

私はまっすぐにベル義姉様を見ると、ベル義姉様は優しく笑って頷いて、ハーブティーを口に含んだ。

「すっきり、ね？」

「はい‼」

それから私は、お兄様達が探しに来るまで、ベル義姉様と二人でお茶を楽しんだのだった。


クレンヒルド公爵家での夕食はとても賑やかなものだった。

久しぶりの、一人じゃない食事。

王城には、陛下と王妃様専用のスペースと、王太子夫妻専用のスペースがある。普段の食事はそれぞれの住居スペースにあるダイニングルームでいただくので、私とレイモンドはいつも二人で食事をしている。でも、レイモンドがダイニングに姿を見せなくなってからはずっと一人で食べていた……。誰かと一緒にする食事って、やっぱり美味しいものね。

どんなに豪華な食事でも、ひとりぼっちで食べると不思議と味がしないものだ。

ボフンッ――。

数ヶ月前まで寝ていた、使い慣れたベッドに仰向けで沈む。

お日様の匂い。

きちんと手入れをしてくれてありがとう、皆。

明日の午後には城へ帰る、か……。

「あ、そういえば……!!」

ふとあることを思い出した私は、ベッド脇のチェストへ手を伸ばす。

カチャカチャ――。

引いてみても開かない引き出しに、一人安堵する。

良かった。鍵はかかったままね。

ベッドの裏に手を這わせて、小さな木枠をスライドさせる。

「えーっと、確かここに………あった!!」

それはチェストの小さな鍵――。

大切なものを保管しているチェストの鍵を、前世の記憶にあった寄木細工の秘密箱を参考に作らせたベッド裏の小さなスペースに隠していたのだ。

鍵穴に差し込むと、カチャリと音がしたので、私は引き出しを引きあけた――。

「あった……」

一冊の厚みのあるノートと、小さな貝のネックレス。

ネックレスはアクセルの仕立て屋の通りにある聖女グッズ専門店で、レイモンドが私に買ってくれたものだ。

まぁ、あの一言によって封印してからは、一度も取り出すことがなかったけれど。

このノートは、レイモンドのやらかしを記録した【聖女関連遺恨日記】。

お嫁に行く際に封印したのよね。

いつまでも私の荷物があっても邪魔だし、持っていこう。

服やぬいぐるみも、全部一度持って帰って、孤児院にでも寄付しましょう。

ここは明け渡さないと。

お兄様達家族のためにも。

私がトランクに本やネックレス、残してあった宝石類を詰めていると――。

コンコンコン――「ロザリア？　私よ」

お母様？

どうしたんだろう、こんな時間に。

「どうぞ、開いてますから」

私が返事をすると、ゆっくりと扉が開かれ、寝る支度を整えたお母様が顔を覗かせた。

「あら、もう荷造り？　早いわね。帰るのは午後でしょう？　明日でもいいでしょうに」

お母様が開かれたトランクを見て、せっかちねぇ、と呆れたようにこぼした。

「ははは……。眠れなかったので……。それよりお母様、どうしたんですか？　何か緊急のご用件でも？」

「あなたねぇ……」

呆れたように、ため息をつくお母様。

「今日は皆して代わる代わるロザリアを独り占めにしていたんですもの。夕食の後はお父様がずっとあなたとお話をしていたし。私だってあなたとおしゃべりしたかったのよ」

腕を組みぷりぷりしながら私のベッドにドスンと腰掛けるお母様。

そういえばお母様とゆっくり話す時間、なかったわね。

私が苦笑いをすると、お母様は私を見つめたまま何かを考える素振りをしてから、眉を顰めた。

「……あなた、少し痩せたわね」

心配そうに私の顔を覗き込む。

「少し……。でも、今夜は楽しくてつい食べすぎてしまったから、きっと明日には元に戻ってしまいます」

食事が楽しいと食が進む、というのは本当だったようで、久しぶりにたくさん食べてしまった。

「そう？　ならいいんだけど……。朝食も、ロザリアの好物ばかりを頼んでおいたからね」

「まぁ、楽しみ‼　ありがとうございます、お母様」

また食べすぎちゃうわね、きっと。

「ねぇロザリア？　あなた――何か、話したいことはない？」

「え？」

「いきなり少しだけ里帰りさせてほしいだなんて、何かあったのではなくて？　それにあなた、ずっと楽しそうにしていたけれど、時々とても思い詰めているように見えたから」

「あ……」

さすがお母様。

なるべく悟られないようにしていたつもりなんだけど、やっぱりお母様には敵わない。

「……お母様」

「ん？」

「……私が――……レイモンドと離縁しようとしたら、どう思われますか？」

思い切って尋ねると、お母様はこれでもかというほどに目を丸くして私を見つめた。

その表情を見てはっとする。いくらお母様とはいえ、王太子妃が言っていい言葉ではなかった。

王太子妃が離縁して実家に帰ったなんてことになったら、クレンヒルドの家名に傷がつく。

「ご、ごめんなさい。今のはなかったことに――」

「いいんじゃない？」

「――は？」

飛び出したのは予想外の言葉で、今度は私が目を丸くする番だった。

「あなたがたくさん考えて出した答えなら、私も、お父様も、お兄様達も止めないわ。舞踏会での一件もあるしねぇ。むしろ喜ぶ人達もいると思うわよ？」

あぁ……兄達を筆頭に……。容易に想像がついてしまうのだから恐ろしい。

「大丈夫です、そんなご迷惑をおかけするようなことはしませんから」

たとえレイモンドと離縁したとしても、ここへ戻ってくればクレンヒルド公爵家に迷惑をかけてしまう。だから、私は孤児院へ行こうと決めているのだもの。

「でもね、どんな決断をするにしても、思いはきちんと伝えなさい。あなたは昔から、黙って溜め込むから……。ちゃんとすっきりさせてきなさい。それでもダメなら、いつでも戻ってきたらいいわ。大丈夫、それで揺らぐようなクレンヒルドじゃないわ」

「お母様……。……はい。そのつもりです。レイモンドと、きちんとお話をします」

後悔しないためにも。

お母様は私の答えに満足したように微笑むと、私の腕を引いて私をぎゅっと抱きしめた。

「どこへお嫁に行っても、何があっても、皆あなたの味方よ。それに、私の大切な娘でもあるの。だから、いつでも帰っていらっしゃい、〝ここへ〟」

まるで私がここに帰らないと決めていることを察しているかのような言い方に、鼓動が跳ねる。

私はそれに「はい」とは言えずに、ただ母の腕の中で言葉を紡いだ。

「……ありがとう、お母様」

「ふふっ、えぇ。――じゃ、私はそろそろ行くわね」

そう言ってベッドから立ち上がったお母様に「はい。おやすみなさい、お母様」と微笑みかけるとお母様もそれに応えるように「おやすみなさい、ロザリア」と柔らかく微笑んだ。

扉が閉められてすぐ、私は再びベッドに仰向けに倒れ込んだ。

『夫婦や恋人って、色々あり方があって、どれが正解とかじゃないと思うの。時には言葉が足りなくてすれ違う時もあるし、喧嘩だってするし、泣いてしまう時だってある。でもね、少し落ち着いて、ゆっくりと考えて、お互いに話をするの。私達だって、思いをぶつけてすっきりさせることが、何度もあったわ』
『でもね、どんな決断をするにしても、思いはきちんと伝えなさい。あなたは昔から、黙って溜め込むから……。ちゃんとすっきりさせてきなさい。それでもダメなら、いつでも戻ってきたらいいわ。大丈夫、それで揺らぐようなクレンヒルドじゃないわ』

私はレイモンドに気持ちを伝えたことがあっただろうか？


『聖女のところになんて行かないで』

『私のそばにいて』

『愛してる』


物語の結末を知っているのだからと諦めて、話すことを放棄してきたのは私だ。

初夜の時だって、今思えばレイモンドは何かを言おうとしていたのに、私は聞いても無駄だと勝手に判断して聞かなかった。

落ち着いて考えてみると、自分のいけなかったところも見えてくる。

結局は私の知っている物語と同じ結末になってしまうのだとしても、この世界は〝私《ロザリア》〟にとって現実で、優しい父母や兄達の元で生まれ育ってきた、私の世界だ。

私が今、生きている現実の世界。

……話をしよう。

ずっとためてきたものを伝えてすっきりさせよう。

それで――レイモンドを、解放してあげましょう。

【Side レイモンド】

ロザリアが実家に帰った――らしい。

俺、何も聞いてないんだが!?

慌ててクレンヒルド公爵家に向かおうとしたら、ゼルとランガルに「あんたはバカか」と止められた。明日には帰ってくるから、その前に計画を終わらせるぞ、と。

だから、留守番を言い渡されたらしいゼルには朝からラングレス宰相宅に潜入してもらっている。もちろん内密に。

そしてその間の宰相の相手を、俺は父上と母上に頼み込んだ。

父上はずっと母上を巻き込まないようにしていたが、もう知らん。

全てを聞いた母上は、もちろん角《つの》を生やしてぎろりと父上を睨みつけていたが、ロザリアのためにも、と協力を了承してくれた。

宰相にはもうずっと前から謀反の疑惑を抱いていたのだということは、聖女が現れた時に父上から聞いた。誰かが禁術を用いて聖女を召喚した可能性があること、その容疑者の最有力候補が宰相であることも。

だから、父上と母上には厳重に護衛をつけた上で細心の注意を払ってもらう。

何もないならそれに越したことはないが、念には念を入れて騎士団長にも事情を説明し、何かあった時すぐに動けるよう指示をした。

そしてランガルにはもう一人の疑わしい人物であるドーリー侯爵の内偵をさせている。

数日前からドーリー侯爵の不在時を見計らって屋敷を訪ね、労働環境の調査という名目で使用人達から話を聞いているのだ。ランガルの親しみやすいキャラのおかげで、使用人達はすぐあいつと打ち解け、様々な話をしてくれているという。

今日で全て終わるだろう。

さて……どこから何が出てくるか……。

俺はアリサ殿の部屋の隣で報告を待ちながら、隣室に誰かが訪ねてこないか監視をしつつ、他の自分の仕事も進めていく。

この生活も二週間とちょっと。

ここらで終わらせねば……。

「……殿下。晩年って感じっすよ、その顔」

「‼　ランガル‼」

突然部屋に入ってきたランガルに驚いて思わず勢いよく立ち上がると、その拍子に椅子が倒れ大きな音が部屋に響く。

「あーあー、何やってんすか。殿下、ただいまっす。ドーリー、白でしたよ。強いて言うなら、殿下用の釣書がたくさん用意してあったくらいっすかね。幼女から熟女まで、貴族から平民、娼婦まで幅広く取り揃えてありました」

「……うわぁ……」

その情報はできれば聞きたくはなかった。

「ランガル、ご苦労だった。ドーリーが白、ということは……」

「黒はこちらでしたね、殿下」

また別の声がして視線を向けると、扉に手をかけてゼルが立っていた。

ランガルとは大違いで「失礼します」と律儀に断ってから部屋に入るゼル。

「ゼル‼　もう終わったのか⁉」

「えぇ。口実を作って連日のように赴き、使用人から話を聞き出すといった穏便なやり方ではなく、無断侵入させていただきましたから。あらかじめ屋敷の見取り図を入手し、怪しげな場所に目星はつけていましたので」

今朝調査の指示を出したばかりなのに、何でこんなに仕事が早いんだこいつ。

さすが用意周到なゼルというか、何というか……。

「で、何か出たか？」

「えぇ。何重にも厳重に魔術で施錠された部屋の中に、召喚陣がございました。全く……何人の命を使って作ったのか……。殿下からあらかじめ解錠の魔道具を持たされていなければ、部屋には入れなかったでしょう」

解錠の魔道具は王家に伝わる魔法が込められた鍵だ。

たとえ魔法で開けられないようにした鍵でも開けることができるもので、使い方によっては危険なものでもある。だから普段は城の宝物庫で厳重に保管していたのだが、今回は特別に使用許可を出したのだ。

本来この世界の危機に現れるという聖女。

こちら側から強制召喚することもできるが、それは多くの命を贄《いけにえ》にしなければならないゆえに禁術で、その方法が書かれた書物は禁書として、解錠の魔道具と一緒に城の宝物庫に封印していたというのに……。

「それともう一つ」

「もう一つ？」

「えぇ。遅延性の毒の研究もしていたようで、毒入りの瓶が数本と、研究日誌のようなものも発見しました。王妃様や国王陛下のことも書かれていましたので、十分な証拠になるかと……」

「‼」

父上と母上の⁉

受け取ったものをパラパラとめくって中身を確認する。

「っ……これは……‼」

証拠の残らない毒。

それにこの文章……。

母上が死にかけたのも、父上が視力を失ったのも、全て、ラングレス宰相が仕組んだことだったのか……‼

そこで俺は、一つの可能性にたどり着く。

「おいゼル。宰相は頻繁にロザリアに接近していたな？」

「はい。ほぼ毎日」

「その時、何か飲食を共にしたりは？」

「数度、宰相が自ら淹れた紅茶と、持参した焼き菓子を」

「っ……‼」

「‼……まさか……」

俺が言いたいことに気づいたゼルが息を呑む。

ロザリアが倒れたのも……宰相の毒のせい、という可能性が高い。

疑惑を知っていなければ、王家に近しい立場である宰相を疑おうなどとは思わなかっただろうから、疑いなく飲食も共にしたのだろう。

俺は宰相が怪しいことを知っていたのに……。

情報を共有することなく一人で何もかもしようとした結果、一番大切な人を危険な目にあわせるなんて……‼

俺は奥歯をギリっと噛み締め、手にしていた日誌をランガルに預けると、ゼルに向かって言った。

「……ゼル。騎士団長は動けるな？」

「はい」

「よし――。ではゼルと騎士団長で第一隊を率いて、宰相宅にある召喚陣を証拠隠滅されないよう屋敷全体及びその秘密の部屋を封鎖しろ‼　俺とランガル、それに第二隊は、すぐに宰相を拘束するぞ‼」

「「はっ‼」」

――ランガル達を連れて、俺は父上と母上が宰相を引き止めている城の中庭にあるガゼボへ向かう。早足で、でも気づかれぬように。

騎士団の第二隊には、中庭の出入り口を宰相に気づかれず封鎖するよう指示を出した。

これで終わる。

ロザリアのそばにいられる。

そう思うと、逸る心が抑えられない。

「そういや、クレンス殿が、夕刻には【例のやつ】完成するって言ってましたよ」

隣を歩いていたランガルが、何でもないことのように言う。

「何⁉ お前……何でそんな大事なことを今……」

「いや～、何か殿下は忙しそうにしてたし、俺も最後の聞き込みですっかり忘れてたし……」

「適当か‼ はぁ……まぁいい」

【例のやつ】――ラウルの膨大な知識と考察力により導き出した、聖女が帰るための魔法陣。極秘裏に用意した部屋の床に神官達とラウルで魔法陣を描いてくれているのだ。

召喚にはたくさんの人間の命を捧げねばならないが、還す時にそれは必要ないというのは助かった。

だが、神官達の聖なる力を何日も使っての作業だ。

彼らには後でしっかりと休息を与えねばな。

しばらく進むと大きな鉄の門が姿を現した。この門をくぐれば中庭だ。

先に来て、中庭の出入り口である門を封鎖していた騎士達に目くばせをすると、俺はランガルと騎士達を引き連れ、門をくぐり抜け、ガゼボで談笑中の三人のもとへと歩みを進めた――。

「――父上、母上」

「レイモンド。終わったのか？」

カップを持つ手を下ろしてこちらに視線をよこした父上の表情に、若干疲れが見える。

作戦を黙っていたことで母上が激怒していたからな。

怒りの母上と疑惑の宰相の板挟み。

この二人の相手で一気に老け込んだように思える。

「はい。ありがとうございました。こちらが……黒、でした」

俺の言葉に父上は少しだけ残念そうに視線を伏せてから「そうか……残念だ」とこぼした。

「へ、陛下？　一体何の――？」

肩を落とす父上の様子に、何のことかわからず俺達の顔を交互に見るラングレス宰相。

「あぁ、宰相。我が息子がな、ついに聖女を強制召喚した犯人を見つけ出したというのだよ」

「なっ……強制……召喚の……!?　そ、それは……」

表情を強張らせて目に見えて動揺し始めた宰相を気にすることなく、俺はいたって落ち着いた口調で言葉を紡ぐ。

「見つからないように魔術施錠を重ねていたようだな。全く――何人の命を陣に捧げたのか……。

――なぁ？　――ラングレス宰相？」

「っ⁉　な、何のことだか……‼」

「お前の屋敷にうちの優秀な護衛騎士の一人を潜り込ませたんだ。知らないとは言わせんぞ。この二週間ちょっと、俺は聖女様に頻繁に接触してくる輩《やから》を調査していたが、その時点でお前は監視対象だったんだよ。やたら俺と聖女様の仲をとりもとうとしたり、露骨に側妃にどうかと勧めてきたりしたしな。聖女様を召喚したのは、俺とくっつけてその後見人におさまり、国家の実権を握るためだろう？　俺はその陰謀の証拠を掴むため、お前の提案に乗ったふりをしていたが、おかげでロザリアと一緒にいられなくなったんだ。俺とロザリアの時間を返せ‼　しっかり罪を認めてもらおうか、宰相‼」

「殿下、私情挟みすぎ……」

「うっ……」

ランガルに突っ込まれたが事実なんだ、少しくらいいいだろう。

宰相は悔しげに顔を歪めると、父上の方へと向き直り、ヘラリと笑った。

「へ、陛下、これはきっと何かの間違いです‼　私は聖女様を召喚など――」

「あら、でもあなた、聖女を側妃に、って、ロザリアにもしつこく言っていたじゃないの」

「っ‼」

やはり毒を仕込んだ際にそんな話まで……‼

くそっ……あいつの夫でありながら俺は……‼

「そ、それは、善かれと思って……‼」

「余計なお世話だ‼　俺はロザリア以外に興味はない‼　それと召喚陣が見つかったお前の研究室から遅延性の毒も見つかった。一度では効かんが、少しずつ体内に溜まっていって身体を蝕んでいく。それでいて証拠はすぐに身体に浸透して消えてしまうから、残ることがない。これも禁術の一つだな？　ご丁寧に研究日誌まで見つかってな。ランガル、読み上げろ」

「はい」

ランガルは懐からたくさんの付箋がついた年季の入ったノートを取り出すと、それを淡々と読み上げた。

「〝王妃が倒れた。やった。成功だ。命は取り留めたようだが、二度と子は産めぬ。王は側妃を娶る他ないだろう〟」

「‼」

父上と母上が息を呑む。

それでもランガルは読み上げ続ける。

「〝王は王妃以外の女を娶らぬと宣言した。こうなったらもうしばらく毒を盛り続け、王妃には死んでいただくしかない。そうすれば幼い子どものためにも、王は側妃を娶るだろう〟」

「こ……これは……」

だんだんと色をなくしていくラングレス宰相の顔に、大粒の汗が滴る。

「〝しぶとくまた生き残った王妃。毒薬に耐性ができたのだろうか？　こうなれば陛下には早めにご退位いただくしかない。そしてあの一人息子を懐柔して……〟。幸い王太子妃になるロザリア嬢とは犬猿の仲と言われるほど会えば喧嘩ばかりなさっている。放っておいても、こちらが用意した女に乗り換えるだろう〟――、で、これが一ヶ月くらい前のものっすね。〝まずい。あれほど会えば喧嘩ばかりしていたのに、何故こうなった。二人の仲が明らかに前とは違う。このままでは私の計画が……。……聖女を召喚しよう。聖女に憧れを持つ王太子だ。すぐにそちらに鞍替えするはずだ。ロザリア嬢には王妃達と同じように少しずつ毒を盛り、この舞台から退場していただくとしよう〟」

読み上げられた日誌のあまりにも人を馬鹿にしたような内容に苛立つ心を、一度深呼吸をしてから落ち着ける。

「……侮られたものだな。どうだ宰相。証拠には申し分ないだろう？　研究者気質の几帳面な性格が裏目に出たな」

「くっ……‼　かくなるうえは……‼」

ラングレス宰相は懐に右手を滑り込ませると一枚の布を取り出し両手で俺に向けるようにして広げた。その布には、よく見れば魔法陣が描かれている。

奴は魔力を持つ人間。魔力を魔法陣に流して魔法攻撃を仕掛けるつもりだ‼

「殿下‼」

「俺は大丈夫だ‼　お前は父上と母上を‼」

その思惑に気づいたランガルが俺の前へ出ようとするのを止め指示を出すと、ランガルは小さく頷き父上と母上の前へ飛び出して背に庇った。

俺はそれを確認すると、腰の剣を引き抜き、地を蹴りラングレス宰相に向かって駆けた――‼

「はぁぁぁぁぁぁあっ‼」

しかし俺の剣がラングレス宰相の持つ魔法陣に届くよりも先に魔力が流れ切った魔法陣が眩しく光り、至近距離から鋭く尖った氷の刃が俺へ向かってきた。

「この距離では避けれんでしょう殿下‼」

勝利を確信したかのように笑みを浮かべるラングレス――だが――。

「っ……俺を甘く見るな……っ‼」

至近距離の魔法陣から放たれたいくつもの氷の刃を瞬時に剣で払い落としてから、俺は振り上げた鋭い刃を振り下ろした――‼

真っ二つになり光を失う魔法陣。

伊達に幼い頃から剣の腕を磨いてきたわけじゃない。舐めてもらっては困る。

「これでもうその陣は使えないな、宰相。俺のロザリアに毒なんぞ盛りやがって……‼　生きて帰れる思うなよ？」

俺が右手を上げると、それを合図に騎士達が奥の門と右手の門から中庭に雪崩《なだ》れ込み、宰相を取り囲んだ。仮にも長年宰相を務めてきた男の捕縛に緊張が走る。

この証拠がなければ、こいつを捕まえることはできなかっただろう。

ゼルのおかげだな。

「あと少しだったのに……‼」

「あと少し？　万に一つでも俺がロザリア以外の女性を選ぶことなどない」

何年想ってると思ってるんだ‼

「グラバルト……何故だ？　ずっと、良く仕えてきてくれたお前が……」

父上が哀しみの色を含んだ声で拘束された宰相に問う。

「貴様よりも賢き私の方こそが王にふさわしいんだ‼　私の言う通り『魔法兵団』を作り上げ他国への侵略を可能にさせるよう動いていれば、国はもっと豊かになるはず‼　なのに貴様は、全く私の思い通りには動かなかった‼　稀少な魔力を持つ者の遺伝子を多く残し、偉大なる魔法国家にする、その計画の素晴らしさが何故わからない……‼」

騎士達に取り押さえられながら顔を歪ませて吠える男を見て、父上がはぁ、と息を吐いた。

「思い通りに動いていれば、って……お前、馬鹿か？」

父上が心底呆れたように言う。

「っ‼」

「仮にも一国の王が、一人の家臣の意見だけを盲信して自分の意見を持たないなら、それは王ではないだろう。多くの者の意見を聞く耳を持ち、状況を見定め考えて決断する――それが王というものだ」

その言葉を聞いて、ぎくりとした俺の身体が揺れた。

それは俺のことでもある。

王である父の言葉を全てとし、自ら考え判断することを怠った。

そして結果、大切なものを傷つけた。

王になる日も近いというのに。

それに気づくことなく未熟な王になるところだった。

次期国王としての本当の意味での自覚――まさか父上は、俺にこのことを気づかせようとしていた……？

「連れていけ」

父上が指示を出すと、すっかり気力をなくし、うなだれたラングレス宰相を、騎士達が抱えるようにして連行していく。

終わった。

やっと。

ずっと入りっぱなしだった肩の力が一気に抜けていく。

とそこへ無表情を張り付けた男が中庭へ現れた。少しばかり乱れた黒髪が、いかにこの男が急いで城へ戻ってきてくれたのかを物語っている。

「殿下、ただいま戻りました」

「あぁゼル、そっちも終わったか。さすが、仕事が早いな」

「はい。屋敷、そして魔法陣の部屋を封鎖し騎士を配置し、後は騎士団長に任せてまいりました。が、こちらも終わったようで――――っ、殿下、怪我を……‼」

戻ってきたゼルにそう言われて初めて、自分の二の腕が痛みを伴う熱を持っていることに気づいた。

払い落とし損ねた氷の刃がジャケットを切り裂いて肩を掠めたのだろう、真っ赤な血が溢れている。

「このくらい大丈夫だ」

「止血ぐらいさせてくださいよ」

安心させるように言った言葉に、ランガルが呆れたようにため息をつきながら俺の腕の付け根を自身のベルトで強く縛った。

「すまん。礼を言う」

苦笑いを浮かべながら感謝の言葉を伝えると、ランガルは小さく「あんたの護衛ですから、当然です」と照れ臭そうに頬をかいて視線を逸らした。

「レイモンド、ご苦労だったな」

「父上。……いえ、ゼルとランガルがよく動いてくれましたので」

二人がいなければ、こんなに早くに解決できなかった。

「自分で物事を見定め判断すること、信頼できる他者を頼ることの大切さがよく身に染みただろう?」

やっぱり策士か。

「……はい」

「あら? でもそのせいでロザリアはとても辛い思いをしたのをお忘れなきように」

鋭いトゲをつけた母上の言葉に、俺と父上が顔を引き攣らせる。

「レイモンド、ゼル、ランガル。私達の件も解決してくれてありがとう。でもね、レイモンド。いくら目的を達成するためとはいえ、大切なものは絶対に見失っちゃダメよ。〝王〟が守るべきものはたくさんあるけれど、でも、どんな時も〝自分〟が守るべき大切なものを見失っちゃダメ」

母上の両手が、いつの間にかぐっと握り込まれていた俺の手を優しく包む。

うに使ってしまった。

巻き込まれる形でこの世界に召喚されたというのに、こちらの都合で知らぬ間とはいえ囮のよ
早く帰りたいだろうに。

アリサ殿にも伝えねばな。

「はい。夕刻には魔法陣が出来上がると聞きました」

「あとは聖女ね」

「……はい、母上」


一刻も早く、元の世界へ還してやらねば……。

「全てが終わったら、ロザリアにしっかり謝り倒すのよ‼　それと――陛下？」

母上の声色がワントーン低くなった⁉

「な……何――」

「レイモンドの処分はロザリアに任せるとして――……」

処分⁉

「あなたには私から、しっかりお話がありますので、そのつもりで」

笑顔が黒い。

「は……はい……」

顔を引き攣らせながら返す父上に、俺は心の中で無事を祈るのだった――。

【Side アリサ】

今日は、ここに来て初めて一人で夕食を食べた。

いつもはお部屋で、レイモンド様やランガル、時々宰相さんや侯爵様も来てくれて賑やかに食べていたのに。メイドに聞いたら「急ぎの仕事をしております」だって。

聖女を放っておいてやるべき仕事なんてあるのかしら？

一人で食べる食事は、酷く味気なく感じられる。

友達がいなかった小学校や中学校の頃の学校の昼食と同じ。

でも、たくさん努力して、新しい私になって、高校に入ってたくさん友達もできたしモテるようになったから、こんな味気ない食事、忘れてた気がする。

全く、レイモンド様には後でしっかり言っておかないとっ。

「よし、こんなもんね‼」

薄いナイトドレスに、少し濃いめの化粧。

私の可愛らしさとヒロインらしさを、少しだけ背伸びした大人仕様に仕上げてみた。

これから私は、レイモンド様がいるはずの隣の部屋に突撃する。

私はレイモンド様が夫婦の寝室には行かず、隣室で寝泊まりしていることを知っている。

あの夫婦は以前から犬猿の仲だと言われるほど不仲なのだと聞いた。

だからあと少し……ロザリアが実家に帰っていない今がチャンスだ。

既成事実でも作って、レイモンド様をメロメロにしてみせるんだから‼

気合を入れて、さぁ行くわよ――――と扉の取っ手に触れたその時。

コンコンコン――と硬い音が部屋に響いた。

「アリサ殿。レイモンドだ。夜分申し訳ないのだが、入ってもいいだろうか？」

「レイモンド様!?」

夜は絶対にここへ来ることはないのに、もしかして、レイモンド様も邪魔なロザリアがいないうちにって思ってくれたってこと？

やっと物語がきちんと動き出した……!!　そんな期待を胸に私は扉の取っ手を引く。

「レイモンド様!!　いらっしゃ――!?」

私が急いで扉を開けると、そこにはレイモンド様だけじゃない。

ゼルやランガルまで揃っていた。

何これ？

え、もしかして三人とも私のことを？

もしかしてこれ、ヒロイン特典か何かだったり!?

「あぁ、すまない。ここに召喚された時に着ていた服に着替えてもらえるか？」

「はい？」

私の姿を見るや否や、照れることも褒めることもなく淡々とそう言い放ったレイモンド様。少しは顔を赤くするとかしてくれてもいいのに、通常運転なのは何だか解せない。

ていうか、ここに召喚された時に着てた服って……制服よね？

まさかそういう特殊な趣味嗜好でもあるのかしら、レイモンド様。

ま、まぁいいわ。

やる気になってくれてるんだもの。

「わかりました‼　ちょっと待っててください‼　すぐに着替えてきますから‼」

私は急いで、しまっていた制服を取り出すと、着ていた薄いナイトドレスを脱ぎ捨てて、それに着替えた。

久しぶりの制服は、とても軽く感じられた。

今までこんなに動きやすい服を着ていたのかと不思議な気持ちになりながら、脱いだものもそのままに、私はレイモンド様の待つ扉の外へと出た。

「お待たせしました‼」

「いや、早かったな」

「レイモンド様からのお誘いですから、お待たせしたくなかったんですぅっ‼」

ようやくだもの、そりゃ張り切るわよ‼

ついにロザリアに勝ったんだわ‼

私が王妃になって、皆に愛されるイケメンパラダイスを築く時代がやってきたのよ‼

「では、ついてきてくれ」

「はい‼」

レイモンド様の寝室なんて初めてだし、何だかドキドキしちゃう‼

……でもこの二人、いつまでついてくるのかしら？

レイモンド様の後ろ、左右をゼルとランガルに挟まれて、同じフロアの長い廊下を歩いていると、突き当たりの白くて大きな扉の前で、レイモンド様は立ち止まった。

「ここだ」

言うや否や、レイモンド様はその大きな扉を開けた。

「‼」

え――？

扉の向こうは広い部屋だった。

その部屋の中央の床には、大きくて丸い、アニメとかでよく見る魔法陣みたいなものが描かれている。

魔法陣のそばには私がこの世界に来た時、聖女だって判定した神官長って人と、メガネをかけた長身の男が待ち構えていた。

何？　ここ、レイモンド様の寝室じゃないの？

何でこんなところに連れてこられたわけ？

目の前の光景に戸惑っていると、レイモンド様が私を振り返って口を開いた。

「アリサ殿。ようやくあなたを元の世界に戻す魔法陣が完成した。遅くなって申し訳なかった」

「元の世界に……戻す？　え、待って、どういう……？」

突然のことに頭が混乱してくる。

そりゃ、元の世界に戻す方法を考えるとは言ってくれていたけど、宰相さんは私をレイモンド様の妃に、とか言ってたし、こんなの想像してなかった。

ていうか私、ヒロイン――よね？

「あ、あの、私を妃にするって宰相さんが……」

「らしいな。だが俺はそれを否定していただろう。俺の妃はロザリア一人だと、最初から言っていたはずだぞ」

「えぇ!? あれマジだったの!? 信じらんない。だってこの人は完璧ヒーローのレイモンド様で、あれは傲慢な悪役令嬢ロザリアで、私は聖女でヒロインで……」

思わず声を上げた私に、レイモンド様が眉を顰めた。

「完璧ヒーロー？ 俺はそんなもんじゃない。俺は、ヘタレで、周りを見てなくて、大切なものを傷つけてばかりの、ただの馬鹿王太子だ」

へ、ヘタレ？

馬鹿王太子？

え、ちょ、どういうこと？

私の知ってる物語のレイモンド様は、召喚されたヒロインをドロドロに溺愛して、気が強くて傲慢で嫌味ったらしい悪役令嬢ロザリアを見事な策に嵌めて追放して、ヒロインを王妃にまで導いてくれた素敵な王太子様だ。

なのに……この物語、おかしいんじゃないの!?

全然私の思うようにいってないじゃない!!

「何それ……。こんなの……こんな世界、私がいる世界じゃない……!! こんな世界ならこっちから願い下げよ!! こんな、私の思い通りにいかない世界なんて、ヒロインの意味ないじゃない!!」

「アリサ殿？」

「何なのよここ!?　悪役令嬢のはずのロザリアはレイモンド様と結婚してるし、レイモンド様はロザリアから私に乗り換える気配もないし!!　こんな思い通りにいかない世界なんて……私、帰る!!」

これなら日本で普通に高校生をしていた方がよっぽどいいわ。

私は足を踏み鳴らしながら大きく描かれた魔法陣の上に進んでいく。

「あ、あぁ……。――アリサ殿」

「?」

「こちらの都合に巻き込んでしまって、本当にすまなかった。突然知らない世界に召喚されて、不安だっただろう。せめて、初代聖女の子孫である王家に伝わる【祝福】の魔法を付与させてくれ。あなたが本当に愛する人に巡り合えた時、相手を思いやる気持ちを忘れなければ、きっと幸せな未来が待っているだろう。向こうで、あなたにたくさんの幸せがあらんことを――」

綺麗な顔でレイモンド様がそう言って、私の方へと掌を向けると、そこから小さな光が弾けて大きく広がり、私を包み込んだ。

暖かい。

ふわふわした光。

これが【祝福】ってやつ？

そしてそのあとすぐに神官長が魔法陣に触れると、魔法陣が淡く光りを放った。

光は足元から上へ上へと上がっていって、たちまち私は、その中へと吸い込まれていった……。

――チュン、チュンチュン……。

「んん……?」

夜だというのに鳥の声?

その違和感に、気だるい身体をゆっくりと起こすと、そこは豪華な城の一室ではなかった。

ピンクの布団に、大きなクマのぬいぐるみ。

ライトブラウンのウッドデスク。

本棚にはたくさんの漫画や小説。

ここは――日本の私の部屋だ。

あれは……夢?

ふわふわとした不思議な感覚に襲われながら、やがて私はまた何事もなかったかのように私の現実を生きる。

時が経つにつれ、あれは夢だったのかもしれない、そう思うようにもなったけれど、不思議と私はあれからものすごく幸運体質になったようだ。

大学にも一発で合格したし、今まで以上のモテ期到来で、最初はすぐに「わがままますぎる」って別れを切り出されもしたけれど、ふと、夢の中で出会った美しい王太子――レイモンド様が最後に言っていたことを思い出した私は、自分の言動を少しだけ振り返るようになった。

そして少しだけ、相手のことを思いやるようになった。

すると今の彼氏との仲は良好、とても楽しい彩りのある毎日になったのだ。

中学までの私はぽっちゃりしていて、肌も荒れて、ネガティブ思考で、今とは正反対だった。

ある時出会ったのは、レイモンド様達が出てくる小説。

同じ名前のヒロインに心を寄せた。

私もこんなふうに可愛い女の子になって、こんな素敵な人に愛されたいと思った。

それまでの自分を知っている人のいない家から遠くの高校を選んだし、過酷なダイエットもしたし、美容にも気を使って今の可愛い私がいる。

放っておいても誰かが見てくれる、そんな驕《おご》りがあったのだろう、いつの間にか相手を思いやるということを忘れていたし、彼氏なんて替えがきくものだと思うようになってしまっていた。

でもそれは違う。

目の前の自分を好きでいてくれる人を大切にしなきゃ本当に大切にはされないし、幸せにはなれないんだよね。

あの本は、一度だけじゃなく、二度も私を変えてくれたんだと思う。

大切にし、大切にされる幸せを噛み締めながら、一歩ずつ私は大人になっていく。

そんな毎日の中で、ふと思い出す【祝福】という言葉。

「……まさかね」

だけど不思議なことに、あれだけハマっていた聖女と悪役令嬢の本は、いつの間にか私の本棚から綺麗さっぱり消えていたのだった——。

7 二人の未来へ

「おかえりなさいませ、王太子妃殿下」

城に戻ると、ゼルが心なしか穏やかな表情で待ち受けていた。

こんな表情してるってことは、昨日はしっかり休めたのかしら？

「ただいま、ゼル。ゆっくり休めたかしら？」

「……えぇ、まぁ」

何？　今の間は。

「王太子妃殿下は、久しぶりのご実家で心安らかにお過ごしになられましたでしょうか？」

「え？　えぇ、とても。……あぁ、でもまた私が帰ってきたと知った宰相が押しかけてきそうね。憂鬱だわ。帰るの夜にすれば良かったかしら？」

帰って早々に宰相の相手なんかしていたら、せっかくのすっきりしたいい気持ちが台無しになってしまう。私がぼやいていると、何とも言えない表情でゼルが口を開いた。

「……それに関しては、心配の必要はないかと……」

「必要ない？」

「……えぇ」

宰相、留守なのかしら？

「そう？　ならいいわ。あ、サリー」

私がエントランスで荷物の運搬指示を出しているサリーに声をかけると、彼女は小走りでこちらへと駆けてきた。

「何でしょうか？　妃殿下」

「忙しいのにごめんなさいね。レイモンドに、今夜は必ず部屋に帰るよう伝えてくれないかしら？　大切な用事があるから、と」

「殿下に、ですか？　かしこまりました……‼」

何故かサリーは少しだけ嬉しそうに私に一礼すると、目の前の大階段を駆け上がっていった。

「何か嬉しいことでもあったのかしら？」

私が首を傾げると、

「あなたが自分から殿下に部屋へ帰れと伝えようとするのは初めてですから、嬉しかったのでしょう。あなたはいつも、自分のお気持ちを押し殺してばかりでしたから」

とゼルも僅かに表情を和らげた。

お母様をはじめとして昔から一緒にいる彼らには、そんなにも心配をかけていたのね。

「心配してくれてありがとう。でももう大丈夫よ。しっかり話して、離縁するわ」

「────は？」

にっこりと微笑んだ私に、珍しく表情を崩して固まってしまったゼル。

「り……えん？」

「ええ。だって私、もう無理だもの。私を愛していない彼のそばで、私以外の女性と一緒にいる彼を見るのは。……どうせ、わかっていたことだからキッパリさっぱり玉砕して、孤児院に行くわ」

「こじ……!?　――まぁ、あのヘタレにはいい薬か……。――はぁ、わかりました。ひとまずは妃殿下の思われるようにご行動ください」

途中ボソボソしていてよく聞き取れなかったけれど、ゼルはため息を一つこぼしてから納得してくれた。本当に優秀な護衛騎士だ。

「あぁ、夕食はいらないと伝えてもらえる？　公爵家で食べすぎちゃって……。しばらく部屋で休むわね」

朝食も昼食も、家族と一緒に楽しくいただいたせいでお腹いっぱい食べた私は、馬車の揺れも相まってただいま絶賛グロッキー状態だから。

最近あまり食べていなくて胃が小さくなっていたのに食べすぎたんだから、そりゃそうだ。

「わかりました。そのように」

「ありがとう、ゼル」

私はゼルにお礼を言うと、のっそりとした足取りで自室へ帰った。

――ん……。

目を開けると自室のベッドの上だった。

満腹と馬車酔いを落ち着かせるためにベッドに沈んだ私はいつの間にかそのまま寝ていたよう。

覚醒してまだ重い身体を起こし窓の外を見てみれば、そこはすでに闇の世界と化していた。

食べすぎて横になっている間に眠ってしまうだなんて、王太子妃としてどうなの、私。

レイモンドは――まだのようね。

私は急いで鏡を見ながら、少し癖のついてしまった髪を櫛《くし》で整えた。

そこへ――「ロザリア？　入っても、いいか？」

レイモンドの少し硬さを含んだ声が扉ごしにして、「どうぞ」と私も同じように声を硬くして答える。彼の部屋でもあるのに変な感じ。

小さな音を立てて開いた扉。

数日ぶりに見たレイモンドの顔は、少しだけ痩せたように思える。

あまり食べていなかったのかしら？

それに、何だかとっても疲れているみたい。

二人揃ってこの部屋にいるのは約三週間ぶりで、少しばかり緊張で身体に力が入る。

「ロザリア、何だ？　用事って。せっかく二人で話す久しぶりの時間なのにすまないが、用事が終わったら、俺はまた少し行かねばならない」

言いながら疲れた様子でベッドの端にどさりと座るレイモンド。

そんなに早く聖女のところに行きたいのかしら。

でももう、そんなのどうでもいい。

私は達観したように表情を変えることなくレイモンドに近づくと、彼をまっすぐに見下ろして言った。

「では、単刀直入に言うわ。レイモンド、離縁しましょう――」

表情をなくしたまま淡々と伝えたその言葉に、レイモンドは無言のまま目を大きく見開き、彼が息を呑む音だけが響いた。

「え、な、何で……？　やっぱり俺のことが……嫌だから……？」

「いいえ」

「だったら何で‼」

レイモンドが声を荒らげて立ち上がる。

「だって、あなたは聖女を娶りたいのでしょう？」

なおも表情をなくしたまま発した言葉に、レイモンドは口をぽかんと開けて驚きの表情を浮かべる。

「っ……俺は……‼」

「最近は聖女のところに入り浸りなんでしょう？　舞踏会でもエスコートをし、二曲も続けて踊っていたし。良かったじゃない、待ち望んでいた聖女が現れて。昔から、あなた言っていたものね。きっと聖女様は心清らかな乙女だ。きっと聖女様は優しくいつも穏やかな女の子だ――」

だんだんと震え始めた私の声に、レイモンドが息を呑む。

だめ。

もう少し、もう少し耐えるのよ、ロザリア。

「それは――」

「だから、離縁してあげる」

浮かんだ涙もそのままに、にこりとレイモンドに微笑んでみせる。

そして一粒の涙が溢れ私の頬を濡らした。

長い片思いも、これで終わってしまう。

そう少しの寂しさを感じた、刹那――。

「だめだ‼　離縁なんて、俺は許さない‼」

私はレイモンドによって手首を絡めとられると、そのまま彼の腕の中へと閉じ込められてしまった――。

予想だにしていなかった展開に、今度は私が驚きと戸惑いで言葉をなくし、動きを止めた。

「俺は……絶対に離縁なんかしない」

「な、何で？　だってあなた、聖女を娶りたいんでしょ？　だから私はお飾りの妻で……、あなたは初夜だというのに私に指一本触れなくて…、それどころかあなたはここに帰ってくることさえしなくなり……。私はあなたが――愛する人が他の女性と仲良くする姿を死ぬまで一生見続けていられるほど強くない‼」

一粒こぼれたのを皮切りに、ポロポロと止めどなく続いてこぼれ出した雫。

ダメだ。止まらない。

「っ……⁉　今……何て？　俺のこと、愛する人、って？」

呆然と言葉を紡ぐレイモンドに、私は自分が口走った内容に気づきはっと口元を押さえた。

言うつもりなどなかったのに、気づけば口に出していたその思い。

それでも……もう、どうせ最後だもの。

言ってしまえばいい。

腹を括った私は大きく息を吸って口を開いた。

「ええそうよ‼　私は小さい頃からずっとあなただけを愛していたもの‼　でも、あなたはいつだって聖女のことばかり‼　私のことが嫌いなら結婚なんてしなきゃ良かったのに……‼　だけど……こんなに辛い思いをしても、私はあなただけが好きで……だからこそもう耐えられないの‼　もう私を解放して‼　私は……一人でひっそりと生きて――っ⁉」

やけくそに放った言葉は、最後まで出し切ることなく、レイモンドの唇に全て吸い込まれていった。

「んっ……」

柔らかな感触が口元を覆う。

とても強引な、初めての口付け――。

「はぁっ……」

唇が解放され、与えられた熱でぼーっとした頭のまま目の前のレイモンドを見ると、彼はその美しい顔を真っ赤に染めて、私を見つめていた。

「俺だって小さい頃からお前だけが好きなんだよ‼　聖女様のことは、この国を平和に導いてくれたすごい存在で憧れはあったけど、それは異性への好きとかそんなんじゃない‼　でも、いざとなったら何の話をしたらいいのかわからないし、女が好きそうな話題とか知らないし……。お前を前にしたら緊張して、聖女様の話しかできなくなって……」

小さい頃から……好き？

私、だけを？

頬を赤くし苦しげに顔を歪めたまま、レイモンドが続ける。

「……昔、聖女が好きなら聖女と結婚したらどうかって言われた時、俺、否定しなかったろ？　あれもその、売り言葉に買い言葉で……ずっと、後悔してた。でも何の弁解もできないまま、そのままズルズルとここまできてしまった……。あれから、だよな。お前と顔を合わせるだけで喧嘩になるようになったの。……本当は、んなこと全然思ってないんだ。俺が結婚したかったのは、お前だけなんだよ」

与えられた言葉が胸にすうっと沁みてくる。

後悔、していたの？

私と結婚したいと、思ってくれていたの？

思い出されるのは、私に酷いことを言った後の彼の傷ついたような顔。

今までずっと、自分の言動にダメージを受けていたということ？

い、いやいや、でも……。

「じゃぁ、何で初夜に何もしないって……」

「俺だってしたいわ‼　……でも、自業自得だけど、お前は俺のこと嫌ってるみたいだったし……。無理矢理なんてしたくないし……」

大声でとんでもない発言が飛び出したと思ったら、それからどんどん声が小さくなっていって視線は気まずそうに逸らされた。

「で、でも……あなた、アリサを側妃にするんでしょ？」

「するか‼　俺の妃はお前一人だ‼　……でも、そう思わせてしまったのは俺のせいでもあるんだよな。アリサ殿を強制召喚した犯人を突き止め、彼女を元の世界へ還そうとしていたとはいえ、お前に何も説明することなく進め、誤解を招くようなことをしてたくさん傷つけた……。本当に、申し訳なかった……‼」

強制召喚？

元の世界へ？

「じゃ、じゃぁ側妃は……」

「だから、いらないんだよ。俺は、お前しかいらないんだから」

私の中で張り詰めていたものがふわりと緩んでいく。

「そこらへんの説明の前に――ロザリア」

レイモンドが私の手を引き、さっきまで自分が座っていたベッドへとエスコートする。

「ずっと悲しい思いさせてごめん」

言いながらレイモンドは私の足元に膝をつき、真剣な表情で私の涙で濡れた瞳を見上げた。

「あらためて言わせてくれ。俺はお前――ロザリアのことを、ロザリアのこと〝だけ〟を愛している。小さい時から変わらず。生涯、お前だけを愛すると誓う。だから……ロザリア。俺と――結婚してください」

耳まで真っ赤にした彼から紡がれたのは、紛れもないプロポーズの言葉。

ずっと願って、夢にまで見たプロポーズ。

望んでも絶対にありえないものだと諦めていた彼の言葉が私の胸にスッと広がり浸透し、掛け違えていたボタンがゆっくりと正しい穴へ収まっていく。

そして私の瞳から、再び熱い涙がこぼれ落ちた。

「っ……はい……っ‼　喜んで……‼　私も、レイモンドのこと……、愛しているわ」

ポロポロ涙をこぼしながら、それでも私は瞳を細めて微笑む。

その返事に安堵の表情を浮かべ、レイモンドは立ち上がるとまた私をギュッと抱きしめ、そのままベッドに倒れ込んだ。

「あーもう、今日は仕事とかいいや……」

幸せを噛み締めるように私をぎゅっと抱きしめたままベッドに転がり、レイモンドがため息と共にこぼした。

「聖女のこと？」

「ん？　あぁ。アリサ殿は昨夜元の世界に還したから、その報告書の作成と、宰相の処分の件、あと諸々の後処理に今追われてる」

言いながら抱きすくめた私の頭にぐりぐりと自分の頬を擦り付けるレイモンド。

ん？

アリサ殿は昨夜元の世界に還した？

宰相の処分？

「レイモンド？」

「ん？」

とろけそうなほどに優しい笑みを浮かべて私の顔を覗き込むレイモンドに絆《ほだ》されちゃいけない。

思い合っていることはわかったけれど、それとこれとは話が別だ。

「詳しく、一から話、聞かせてくれるわね？」

私はレイモンドの腕から抜け出すと、彼の顔の両サイドに手をつき、ベッドに押し倒すようにして逃げ場を奪うと、にっこりと微笑んだ。

「え、ちょ、ロザリアさん？」

「き、か、せ、な、さ、い、ね？」


それから私は、レイモンドにこれまでの話を全て聞いた。

平和な世界であるにもかかわらず聖女が現れたことから、誰かの陰謀なのではと疑って動いていたということ。

レイモンドは聖女に近づく人間を観察し、その会話を記録、ランガルは容疑者の一人ドーリー侯爵の家にたびたび潜入して様子を探っていたこと。

首謀者の狙いがわかるまでは、私の身に危険が及ぶことも想定していたこと。

だからレイモンドが王太子妃よりも聖女に夢中だと思わせていれば、王太子妃である私の方はノーマークになり、危険を回避できると考えて距離をとっていたこと。

最終的にゼルの協力もあって、宰相が犯人だという証拠を押さえ、昨日捕縛したこと。

そして王妃様の殺害未遂や陛下の原因不明の病気も、先日私が倒れたのも、彼が毒薬を盛って仕組んだからだということ。

陛下や王妃様の暗殺に失敗したため、聖女を召喚してその後見人となり、彼女をレイモンドの側妃とすることで、国の実権を握ろうと画策していたこと。

知らぬ間に巻き込まれた聖女は、昨夜せめてもの詫びにとレイモンドが【祝福】を授けてからラウル様の助けで完成した魔法陣で元の世界に還したこと。

全て洗いざらい吐いてもらった。

まさかゼルだけでなくてラウル様まで関わっていただなんて。

ベッドの下、正座で謝罪を交えて話す情けない姿の夫をベッドの上から見下ろして、私はふぅ、と息をついた。

「なるほど。事情はわかったわ。じゃぁ、本当に聖女とは何もないのね？」

「あ、当たり前だ‼　夜は絶対に部屋を訪ねなかったし、彼女の誘いにも乗っていない‼　俺はロザリアしかいらん‼」

「っ……」

今までのことが嘘のように、レイモンドの口から熱烈な言葉が飛んでくる。

だめよロザリア。ここで簡単に許して曖昧にしては。

鬼になるのよ‼

「そ、そう……。でも、陰でこそこそ動かれて辛い思いをするのはもう嫌よ。……レイモンド、あなた、新婚旅行からの帰り、あの塔の上で言ったこと覚えてる？」

「塔の上で？」

「……『一人では全てを守るのは難しいだろう。だから……お前にも一緒に、同じ景色を見て、同じものを守っていってほしい。王太子妃として、未来の王妃として、そして俺の妻として、この国を一緒に守っていってくれ』そう言ったのよ？」

思い出される彼の真剣な顔。

必死に次期国王としての重責と戦っているかのような、それでいてその座に就く決意を固めている強い表情。

忘れられるはずがない。

「一人じゃ、無理だったでしょう？」

「……あぁ」

「なら今度はちゃんと、同じ景色を私にも見せて。私も、もう前を向くから」

「っ……‼　あぁ……ありがとう……‼　……たくさん傷つけて、ごめんな」

そう言ってまた泣きそうな顔をして立ち上がり、私の頬に手を添えるとそのまま吸い寄せられるように唇を近づけ――。

「待って」

「むぐっ⁉」

重なることなく私の手によって遮られたレイモンドの唇がモゴモゴと動く。

「事情はわかったし、レイモンドの気持ちもわかったわ。でもね――？」

私はにっこりと満面の笑みを浮かべて彼の口を塞いだままその美しい顔に自分のそれを近づけた。

「私、お仕置きは必要だと思うの」

ベル義姉様も言っていたものね。

お仕置きすることもある、って。

今回の件、私も悪かった部分はあるけれど、レイモンドの采配次第ではこんなに苦しむことはなかったと思うのよね。

この件でレイモンドも一つ学んだのだとは思うけれど、それだけじゃ私もおさまらない。

「わかった。何でも言え。パンチでもキックでも、何なら剣で切り刻んでくれても――」

「私をこれ以上最強の王太子妃ポジションにしないでくれる⁉」

ただでさえ【剣豪王太子妃】なんて強そうな呼び名があるのに。

「俺はお前のあの二つ名――【剣豪王太子妃】だっけ？　あれ気に入ってるぞ？」

「はぁ⁉　私は好きじゃないわ。しきたりとはいえ、剣の特訓のせいで私の手、剣だこだらけで硬くなってしまっているもの。王太子妃らしくないわ」

か弱い令嬢達のように白くて柔らかくてすべすべの手でいられたら、って何度も思ったもの。

弱々しく呟いた私の手を、レイモンドはそっと取ると、私をまっすぐに見つめて言った。

「俺はこの手が好きだ。剣だこができても、お前は努力を怠らなかった。この手はお前の努力の証だし、あの二つ名はそんなお前の努力が認められた証だろう？　俺はこの手を誇りに思う」

「レイモンド……」

そんなふうに思ってくれるなんて……。

コンプレックスだったこの手を、少しだけ誇れるような気がする。

「で？　練習用の木剣で打ちのめすか？」

「だから何でそう物騒な方に思考が傾くのよ⁉」

何なのこの男⁉

「じゃぁ何を……」

「そうねぇ……。一つは、私の地位の回復。舞踏会での一件で、おそらく王太子は聖女を側妃にするつもりだって皆感じているし、私のことはお飾りの王太子妃だと侮っている者も出てきているはずだもの」

「あぁ。その件については、宰相の件と合わせて全てを明らかにさせるつもりだ」

「そう。……ならその際、これは私も同意の上だったと言ってちょうだい」

「同意の上？」

「ええ。きちんと私に相談があり、舞踏会でのことも、容疑者の反応を窺うための計画で、私も承知の上だったと。それなら全て考えあってのことだとわかってもらえるし、私も王太子に信頼されている、と認識させることができる」

「そう、だが……」

意外と真面目すぎるのよね、レイモンドって。

どうせ自分はロザリアを傷つけた加害者でもあるのに……、とか思っているんでしょう。

だけど、王太子の未熟な面を公にしてはいけない。

多少事実をねじ曲げてでも、完璧を装い続けることだって大切だわ。

「レイモンド、王太子として皆から信頼されるのはとても大切なことよ。そのための多少の事実のねじ曲げは必要だと思うの。その分、本当のヘタレイモンドは、私やゼル達にだけ見せてくれたらいいわ」

「ヘタレイモンド……。わ、わかった。だがそれはお仕置きにはならないだろう。やっぱりひと思いに俺を――」

「殴らないから‼」

私を善良な王太子妃でいさせて‼

「全く……。そうねぇ……レイモンド個人へのお仕置きとしては――」

私は部屋に運んでもらったトランクの中から一冊のノートを取り出す。

そう――【聖女関連遺恨日記】だ。

「これを寝る前に朗読してもらうわ」

「な、何だこれ？　……【聖女関連遺恨日記】？」

「あなたのこれまでの言動を書き綴った日記よ」

「⁉」

私から日記を受け取ったレイモンドは、パラパラとページをめくり、みるみるうちに顔色を青くした。

「約束よ、レイモンド。夜は必ず帰ってきて、私と眠ること。だけど、寝る前、必ずこれを朗読してちょうだい」

自分の言動にあれだけダメージを受けてきたレイモンドだ。

これは相当堪えるはず。

「もちろん私にも全く悪いところがなかったとは言えないけれど、離縁を考えるほど私が追い込まれたことを考えれば、あなたはこれくらいのダメージを受けて当然だもの。一週間、これを続けてもらうわ」

「一週間……」

「大丈夫。婚約してからあなたがやらかした日だけ綴った二百一日分の軽い読み物だから」

「いや重いだろ」

「読み終わるまでは、キスはもちろん、それ以上のこともおあずけよ」

「うっ……わ、わかった……」

「レイモンド？」

「ん？」

「今夜から――簡単には寝かさないわよ？」

「っ……そのセリフ、何か違う……‼」

こうしてレイモンドの眠れない夜、第一夜がスタートするのだった――。

レイモンドと思いが通じ合った翌日、すぐに陛下とレイモンドは貴族達を謁見の間に集めて、ことのあらましを説明した。

禁術の魔法陣を使い聖女を強制召喚した者がいると疑い調査をしていたこと。

それは王太子妃の同意と協力の上で内密に行った調査であること。

そしてその犯人であるグラバルト・ラングレス元宰相のことも。

彼は身寄りのない子どもやお年寄りを、善人のような顔をして集め、彼らの命を材料にして魔法陣を完成させていたそうだ。

陛下と王妃様の暗殺未遂の犯人でもあり、余罪などの調査が終わり次第、処刑される。

そしてその説明の最後に、レイモンドは皆の前で私の手をぎゅっと握りしめ大声でこう言った。

「ラングレスのように側妃を娶ることを勧める者がこの中にもいるが、俺は昔からロザリアしか見ていない‼　俺の唯一であり最愛である女性はロザリアただ一人‼　これから先もそうだ‼　彼女以外はいらん‼　よって、余計な気遣いなどはせぬように、心に留めておけ‼」

固く結ばれた手にもう一度力が込められ、レイモンドの優しい笑顔が私に向けられた。

【聖女関連遺恨日記】朗読一日目翌日のせいで、その目の下にうっすらと隈ができていたのは、きっと私しか気づかなかっただろう。

そして説明会後、クレンヒルド公爵家の面々だけが謁見の間に残され、陛下と、そしてレイモンドからの謝罪が行われた。

国王と王太子が家臣に頭を下げる、なんて前代未聞の行いに、最初は驚いたお父様達だったけれど、ただ静かにお二人を見つめて、

「二度目はありません。私達の大事な娘を、必ず、大切にしてやってください」

と言葉を紡いだ。

ライン兄様は「もう少しでロザリアが帰ってきてくれたのに、残念だったなぁ」なんて言っていたけれど、その表情はとっても柔らかくて、優しいものだった。

クレンヒルド公爵家の皆を見送った後、私とレイモンドがゼルとランガルを連れて謁見の間を出たところで、物々しい雰囲気の団体に遭遇してしまった。

騎士二人に挟まれ、両手を拘束され、うっすらと無精髭を生やした男。

元宰相であるグラバルト・ラングレス。

おそらくこれから謁見の間で陛下と最後の対面となる尋問の後、地下深くの牢へ移されるのだ

ろう。捕縛されてまだ三日目だというのにげっそりとやつれたような顔で伏し目がちにこちらへ歩いてきた彼がふと視線を上げた時、その生気のない目と視線が重なった。

「……っ」

「これはこれは、王太子妃殿下。ご機嫌麗しゅう」

掠れた声が相変わらず嫌みたらしくねちっこく私へと向かう。

「妃殿下‼」

「ロザリア、下がれ」

瞬時にゼルとレイモンドが私を守るように前へ出る。

「許可なく妃殿下に声をかけるな‼」

騎士に鎖をぐいっと引っ張られながら、それでもいやらしい笑みを崩すことのないラングレス元宰相に薄気味悪さを感じつつも、私は視線を逸らすことなく彼を見つめ返した。

「愛されない王妃として引っ込んでいてくれれば良かったものを――」

「黙って歩け‼」

二人の騎士が再びラングレス元宰相の鎖を引いて謁見の間へ向かって歩き出す。

「あなたが何を言おうと、もう私は平気よ。大切な言葉は、全て私の最愛の人がくれたから」

今までこんな反論をしたことがない私の言葉に、ラングレス元宰相は顔を歪ませ、騎士達が「行くぞ」と彼を連れて私達の前を通り過ぎる際に頭を下げた――その瞬間だった。

「くっ」

「ま、待て‼」

一瞬の隙をついて騎士の手を振り払い突如走り出したラングレスは、両手を拘束していた鎖を目の前にいたレイモンドの首にかけて人質にとると、そのまま引きずるようにして壁際へと移動した。

「殿下……‼」

「レイモンド‼」

「あっはっはっは、手負いの王太子など鎖一つで十分‼」

「手負い？」

「おや？　聞かれていないのですかな？　私を捕縛する際に私の魔法で怪我を負っているのですよ、レイモンド王太子殿下は‼　魔法でついた傷は普通の怪我よりも治りが遅いですからなぁ‼」

何それ聞いてない。

レイモンドは命懸けで、あの事件を解決しようとしてくれていたの？

私を守るために、何も告げないまま――。

「どうせ死刑になるのならば、スペアのいない王太子を道連れにここから飛び降りてやる‼」

そう言って、レイモンドを引きずるようにしてテラスに続く大きなガラス扉を開けた。

ここは城の三階……とはいえ、一階ずつの天井が高いため相当な高さになる。そんな場所から飛び降りたら二人共漏れなくあの世行きだ。

レイモンドは一人っ子で、彼に代わる王太子はいない。

自分の言うことを聞いて側妃を娶らなかったからこうなったのだ、とでも言いたいのだろう。

そのどこまでも身勝手な行動に、私の中からドロドロとしたマグマのような感情が湧き上がってくる。

「お、おいやめとけラングレス」

私の様子の変化に気づいたのだろう、首に鎖を巻かれたまま、レイモンドがラングレスを説得しようと試みる。

「ふん。命乞いですかな？　恨むなら私の言うことを素直に聞かなかった親と、そして愚かな妻を恨むんですな‼」

「いやそういうんじゃなくてだな――」

「――レイモンドは誰も恨まなくていいわ」

レイモンドはこれ以上私の神経を逆撫でしないようラングレス元宰相を諫めるけれど、もう遅い。私は静かに否定の言葉を放った。

「ろ、ロザリア？」

レイモンドの声が聞こえるけれど、それに答えられるほど今の私の心は穏やかではない。

「陛下や王妃様の身体をボロボロにしたり、レイモンドに他の女性をあてがおうとしたり、多くの人の命を犠牲にして聖女を召喚したり、おまけに毎日毎日やってきてはネチネチと人の神経逆撫でするようなことばかり……。それで最後はどうせ処刑されるから腹いせにレイモンドを道連れにするですって？　あなた、何様のつもり？」

「ろ、ロザリアさーん？」

あの小姑の如きネチネチとした嫌味と、レイモンドに側妃を娶らせるようにという余計な進言の毎日が思い出される。

私がどんな思いで過ごしてきたか。

どんな思いでたった一人でそれに耐えてきたか。

もはや私に他の一切の音は聞こえていない。

あの日々の恨みつらみを思い出した私は、怒りの炎を身に纏い、一歩ずつ前に出る。

そんな私に無言で自身の予備の剣を差し出すゼルは、さすが私の自慢の護衛騎士だと思う。私の今までの鬱憤、性格、その他諸々をよく理解している。

私はその差し出された剣を無言で受け取ると、目の前の醜く笑みを浮かべる男を睨みつけた。

「ふん。お怒りですか？　しかし事実でしょう？　あなた方が幼い頃から喧嘩ばかりしていたというのは。レイモンド殿下が他に癒しをくれる女性を求めても不思議ではない。私はそんな殿下の思いを察したまで」

「俺は今も昔もロザリア一筋だ‼」

なおも憎たらしく神経を逆撫でしてくるラングレス元宰相の言葉に、レイモンドが噛み付く。

「そうね。私達は喧嘩ばかりだったわ。でもね、世の中には、喧嘩するほど仲が良い、という言葉があるそうよ、ラングレス元宰相殿？　そして残念ながら、私も、今も昔も、この人一筋なの──よ‼」

言い終わるが早いか、私はゼルから受け取った剣を鞘《さや》から抜くと、赤い絨毯を蹴り、飛ぶようにしてラングレス元宰相目がけて駆けた──‼

「なっ⁉」

思いのほか私のスピードが速かったからか、ラングレス元宰相は私にぶつけるようにして、咄嗟に人質にしていたレイモンドをこちらへ投げてよこす――けど、甘いわ。

レイモンドは瞬時に身を翻し体勢を変えると、ラングレス元宰相の足元を払い飛ばした。

レイモンドの攻撃によってラングレス元宰相が体勢を崩し跪いたところを狙って、私は剣を振り上げ、彼目掛けて勢いよく振り下ろす――‼

「うあぁぁぁっ‼」

刹那、ラングレス元宰相も最後の抵抗か、私の腹部に向かってその長い足を蹴り上げた‼

「ロザリア‼」

視界の下端にレイモンドの金色の髪が映り込み、まるでその一瞬、時間が止まったかのようにも思えた。

私の腹部目がけて蹴り入れられた彼の長い足は、私のお腹を直撃する前にレイモンドの大きな手のひらによって防がれたおかげで、私はただまっすぐに刃を向けることができた。

切先を突きつけたのは、ラングレス元宰相の首元スレスレのところ。

レイモンドなら、動いてくれると思ったわ。

「どう？　私とレイモンドの息、とっても合ってるでしょう？　私に対してネチネチ言ってくるだけならまだしも、私の旦那様に危害を加えようとするならば――私が容赦しませんよ？」

王は王妃を守るため。

王妃は王を守るため。

私がこんな豆だらけの手になるまで強くなったのは、レイモンドを守るためなんだから。

「……俺の妻がカッコ可愛い……」

しんと静まり返る廊下にレイモンドのそんな言葉が響いたけれど、気にしないでおこう。

王太子と王太子妃によって命の危険に晒されたラングレス元宰相は、ガタガタと震えながら騎士達に引きずれられるように謁見の間へ連行された。

きっとさっきの件でまた罪は重くなっただろうけれど、私の知ったことではない。

【剣豪王太子妃】を、舐めないでいただきたいものだ。

「大丈夫か？　ロザリア」

ラングレス元宰相達を見送ってすぐにレイモンドが私に駆け寄る。

「えぇ、大丈夫よ」

「さすがの剣の腕前だったな」

「伊達に【剣豪王太子妃】なんて変な二つ名持ってないもの。それに、あなたの機転があったからこそスムーズに制圧できたのよ」

二つ名に関しては不本意だけど。

私が言いながらゼルに剣を返すと、レイモンドは私のその手をそっと取り、これでもかというほどに優しい眼差しで私の硬い手を握った。

「ちょ、レイモンド？」

「昨夜も言ったが――俺は、この手が好きだぞ」

そう言って私の手の甲へと一つ、口付けを落とす。

「っ⁉」

「唇じゃないんだ、許せよ？」

ニヤリと笑って私の手を取ったまま歩き出すレイモンド。

これは違う。どの恋愛小説にもないセリフ、シチュエーションだ。

紛れもないレイモンド自身の言動に、私は大きくなる心臓の音を誰にも気づかれないように彼についていくのだった。


それから五日後――。

約束の一週間が過ぎた。

毎晩毎晩お仕置きとして【聖女関連遺恨日記】を朗読させられたレイモンドは、自分のしたことの記録にダメージを受け続けた。

もちろん思い返した私の心だって無事ではなかったけれど、朗読し終わった後、真っ白に燃え尽きて無言で倒れ、意識を失ったように眠るレイモンドに比べたらまだ軽いダメージだと思う。

ようやく【聖女関連遺恨日記】を最後まで読み終わり、今夜からお互いにぐっすり眠れるようになる。

だけどその前に、今日は私の長兄ミハイル兄様とベル義姉様の結婚式だ。

もちろん、私とレイモンドも参列している。

荘厳な音楽が流れる教会の中、中央のレッドカーペットを、ベル義姉様と彼女の父であるラング伯爵がゆっくりと進む。

ベル義姉様、とっても素敵……‼

そしてミハイル兄様の待つ祭壇前まで到達すると、二人は幸せそうに微笑み合い、永遠の愛を誓った。

これだ。

これが幸せな結婚式、っていうやつだ。

思わず涙腺が緩んでくる。

ベル義姉様のお父様であるラング伯爵の大号泣からのもらい泣きなのか、はたまた自分の結婚式と比べてしまってのものなのか。

私は式の最中に、そっと涙を流した。

「……」

式が終わって晩餐会に出席してから、私達も城へ帰ろうと馬車のステップに足をかけたその時だった。

「王太子妃殿下‼」

私を呼び止める声に振り返ると、ベル義姉様が重たいウェディングドレス姿にもかかわらず走ってやって来た。

「ベル義姉様？　どうかなさいましたの？」

何かあったのかしら？

「王太子妃殿下に、これを――」

ベル義姉様が私に差し出したのは、白いロザリアの花で作られた小さなブーケ。

ロザリア――薄い花びらが幾重にも重なった、私と同じ名前を持つ花。

「まぁ可愛い‼　ありがとうございます、ベル義姉様」

「あなたに、たくさんの幸せを」

私が受け取りにっこりと微笑むと、ベル義姉様も柔らかな微笑みを浮かべた。

確か前世では、ブーケトスでブーケを受け取った人は次に結婚できるって話があったのよね……って、私はもう結婚しているけれど。

たくさんの幸せ……これからきっと訪れてくれるわね。

もう以前とは違う。私達はお互いに思い合っていることを知っているのだから。

素敵なブーケを手に馬車に乗り込むと、私はレイモンドと共に城へ帰った。


「ロザリア」

「？　何？」

城に入ってすぐのエントランスホールで、レイモンドが私を振り返る。

緊張した面持ちのレイモンドに、私はまた何かあったのかと身構えるけれど、一向に言葉は続いて出てこない。

「あー……えっと……」

「また何か問題ごと？　それとも仕事のこと？」

レイモンドが以前のように部屋に帰ってくるようになったからといって、二人の時間が劇的に増えることはなかった。

異常に多いのだ。二人の仕事量が。

陛下の仕事の引き継ぎが大詰めになってきたのだから仕方ない。

レイモンドはアリサの件で調査をしながら仕事をこなしていたらしいけれど、こなせる量に対して入ってくる仕事の量の方が多かった。

レイモンドがこなしきれない分が私に回っていた、というわけだ。

この男、決してサボってたわけじゃなかったらしい。

「ち、違う‼　その……これから、俺は少し出てくる。お前はゼルとサリーに準備をしてもらって、後で来てくれ」

「出てくるって、どこに？　それに準備って？」

私の疑問に答えることなく「ゼル、サリー、頼んだ」とだけ言うと、レイモンドは今入ってきた扉から再び外へ出ていってしまった。

「もうっ、どういうこと？」

「まぁまぁ妃殿下。色々と準備があるのですよ。さ、こちらも準備をして参りましょう。ゼル様、少しお待ちくださいね」

サリーはどうやら事情を知っているらしく、訳知り顔で、私をどこかへ連れていこうとする。

「あぁ、頼む。王太子妃殿下、しっかり準備してもらってきてください」

ゼルの仏頂面が少しだけ緩んで、私の背を見送った。

一体何なの〜〜⁉

サリーに連れられ自室に戻り、準備とやらをすること一時間。

「あの……サリー？」

「はい？　何でしょう」

「これ、ウェディングドレス……じゃないかしら？」

「はい。そうでございますね。お美しゅうございますわ、妃殿下」

「え、あ、うん、ありがとう」

部屋に戻った私を待ち受けていたのは、【チームロザリア】の侍女達と綺麗な純白のドレスだった。そしてそのままサリーと彼女率いる【チームロザリア】に飾り付けられた私は、今、とてつもなく戸惑っていた。

「さぁ妃殿下、行きましょう。ゼル様、お入りくださいませ」

サリーが外で待っているゼルに声をかけると、きっちりとしたお辞儀をしてからゼルが入ってきた。

「妃殿下、そのお姿を見るのは二度目ですが、とてもお美しい」

「あ、ありがとう。でもなぜこのドレス？」

もしかして、ミハイル兄様達の結婚式を羨ましそうに見てたから、ゼルとサリーに気を遣わせちゃった⁉

「あ、あの、大丈夫よ？　私、気を遣ってもらわなくても。色々あったけど、レイモンドともきちんと話ができて、夫婦としてやっていけそうだし」

今日から寝る前の地獄の朗読もないし、二人で落ち着いて寝ることができるわ。

そうしたらまた、一から関係を築いていけばいいだけだもの。

「わかっていますよ。でも、これはけじめ、らしいので」

「けじめ?」

首を傾げる私にゼルは優しく微笑んでから、テーブルの上に置いてあったベル義姉様からの贈り物のブーケを私に手渡す。

「行きましょう。あなたの、幸せな未来のために」

私は訳のわからぬまま、ゼルのエスコートで部屋を後にした。


——城から出て、敷地内の一本道を進んでいく。

しばらく行ったところで、右手にランタンを掲げたゼルが私をチラリと見て話しかけてきた。

「妃殿下。殿下とのこと、もう大丈夫ですか?」

「レイモンドとのこと? そうね……うん。不安な気持ちになることはあるわ。でもレイモンド、鬱陶しいほどに毎日好きだと言ってくれるの。真っ赤な顔してね。それを見ていると、その好きだって言葉が本物だって信じられるの。それにね——」

「それに……?」

「時々泣きそうになりながら自分の言動を振り返るレイモンドを見てるのも、意外と面白いのよ?」

それはもうものすごく。

【聖女関連遺恨日誌】を読んでいる間ダメージを受け続けるレイモンドも、ふとした時に自分のしたことに向き合って落ち込むレイモンドも。

見ているのが意外と楽しいのだ。

……私、性格歪んだのかしら？

「妃殿下が楽しそうで何よりです」

いつもの無表情を苦笑いに変えるゼルに、私は足を止めて彼を見上げた。

「ゼル、あなたにもたくさん迷惑かけてごめんなさいね。色々ありがとう」

ゼルにはたくさん心配や迷惑かけちゃったものね。

何てお礼を言ったらいいのかわからないくらい。

「いいえ。これからもたくさんかけてください。私も、そしてランガルも、そのためにいるのですから」

そんな話をしているうちにたどり着いたのは、城の敷地内にある小さな礼拝堂。

ここは初代聖女が王子と結婚した際に建てられたもので、彼女は度々ここで世界の平和を祈っていたのだという。

扉の前に立っていたランガルが私を見て満足げに笑うと、「中で、殿下がお待ちです」と言って、珍しく恭《うやうや》しくお辞儀をした。

「レイモンドが？」

まさか懺悔タイム？

「わ、わかったわ。私もしっかり懺悔に付き合ってくる」

けじめ、って言ってたものね。

お仕置きの一週間を終えて、あらためて懺悔の祈りを捧げようとしているんだわきっと。

「ブハッ‼　殿下哀れ……‼」

前から思ってたけどランガルってゼルと足して二で割ればいいのにね。

「コホンッ。……まぁ、行けばわかります。――妃殿下」

「ん？」

扉の前に立ったところでゼルに呼ばれて振り返ると、月明かりに照らされた優しい笑顔が私を見ていた。

「これだけは、ずっと覚えていてください。私にとって、レイモンドも、ロザリア、あなたも、とても大切な存在です。今のレイモンドならば、あなたを任せても大丈夫でしょう。お二人の幸せを、心から願っております」

「ゼル……ありがとう」

私がゼルに微笑み返すと、ランガルが静かに扉を開けた――。


薄暗い礼拝堂の中。

月明かりだけがぼんやりと照らし出す先に、彼はいた――純白の正装を身に纏って。

白く長いドレスの裾を赤い絨毯に這わせながら、私はゆっくりと彼に近づく。

私に気づいたレイモンドは、振り返り私を見た瞬間に目を大きく見開き、そのまま固まってしまった。

「レイモンド？」

彼のもとまでたどり着いて、顔を覗き込み声をかけると、彼はすぐにはっと意識を戻す。

「ろ、ロザリア‼　その……来てくれて、ありがとう」

「え、えぇ」

「その姿――すごく……すごく綺麗だ……」

「あ……ありがとう……」

言葉を詰まらせながら綺麗だと言ってくれた彼の顔は、これ以上ないほどに真っ赤に染まっていて、それが彼の本心であると嫌でも理解させられる。

あの日、言ってくれなかった言葉、逸らされた瞳が、今全て私に向けられている。

「……」

「……」

まいったわ。

これじゃまるで――結婚式、みたいじゃない。

「……あの日……。結婚式の日も、本当はずっと言いたかったんだ。でもお前が綺麗すぎて、お前のことが好きすぎて、言葉が出ないままになってしまった」

レイモンドの大きな手が私の頰に触れ、親指が唇をなぞる。

見上げればすぐそばに愛する夫の穏やかで優しい顔。

「誓いのキスも。目の前で表情を強張らせるお前を見てると、お前に嫌われている俺がこんなに美しい唇を汚しちゃいけないって、我慢した」

「⁉　ち、ちがっ‼　私、まさかあのまま結婚するなんて思ってなくて――」

これからどうしようとか、話が違う、とか、ずっと考えていたのよね、私。

自分の結婚式なのに。

自分の生きている世界なのに。

どこか一線を引いた場所から見ていた。

「あぁ。今はわかるよ、お前に嫌われてたわけではないって。でも俺は、この間、お前の気持ちを聞くまで、ずっと嫌われてると思ってた。お前を前にしたら素直な気持ちを伝えられなくなってた俺の、自業自得だけどな。たとえ嫌われていてもお前と結婚したい、って俺のわがままで結婚させてしまった。だからキスや、ましてやそれ以上のことも絶対にしないって、我慢し続けてみせるって、あの日決意したんだ」

「レイモンド……」

私のことを考えて……？

そうだ。あの初夜の日、彼は私を見て言ったんだ。

『安心しろ。たとえ初夜だろうと俺がお前を抱くことはないし、これから先も抱くつもりはない。結婚は形式だけだ』

あれは、緊張と不安で強張っていた私のため――……？

「この間、お前と気持ちは同じだってわかってから、ずっとやらなければと思っていたんだ。結婚式のやり直し」

「結婚式の……やり直し……？」

それでこのドレス……。

ん？　じゃぁこのベル義姉様からのブーケも？

「俺だけでクレンヒルド公爵家に行って、公爵夫妻とミハイル達に会って、二人きりでだがけじめとして結婚式のやり直しをしようと思っていることを告げたら、ラング伯爵令嬢――あぁ、今は夫人か。彼女が、ぜひ自分にブーケを贈らせてほしい、と言ってくれてな」

「ベル義姉様が……？」

結婚に関して、辛い経験をしたベル義姉様だからこそ、今回の件、思うことは多かっただろう。これはそんな彼女からの、祝福と激励なのだろう。

色々あるのが夫婦。

その度にたくさん話をして、長い時を共に生きていくのよね。

「あらためて――。俺、レイモンド・フォン・セントグリアは、ロザリア・フォン・セントグリアただ一人を、命終わるその時まで愛し続けると誓います」

私の右手を取って、それに口付けるレイモンド。

それはさながら昔好きだった絵本【王子様の宝物】の王子様のようで、ドクンと私の鼓動が大きく鳴り響く。

「……私も。ロザリア・フォン・セントグリアは、レイモンド・フォン・セントグリアただ一人を、命終わるその時まで愛し続けると誓います」

私達は微笑み合って、そして二つの影が重なった――。

国王陛下夫妻をはじめ、国中の貴族達が参列した一回目に比べて、誰も参列者のいない簡素な式だけれど、これが私達の本当の結婚式だ……。

こんな未来があるだなんて、あの時の私は想像もしていなかった。

温かくて幸せな涙が、静かに一筋頬を伝う。

そうしてゆっくりと離れた唇の温もり。

目の前には真っ赤になった夫の美しい顔。

それが何だかおかしくて、私は声に出して笑った。

「む、笑うな、馬鹿」

「ふふ、ごめんなさい。でもあなたが可愛らしくてっ……ふふふっ」

「お前なぁ……そんなに笑ってる奴には――」

「へ？　ひゃぁっ⁉」

笑い続ける私を、レイモンドが軽々と抱き上げる。

ナニコレ恥ずかしい‼

すぐ至近距離でニヤリと笑って私を見下ろすレイモンドの顔。

「部屋行くぞ」

「え⁉　このまま⁉」

「結婚式の後は――」

「‼　ま、まさかこのまま初夜もやり直すの⁉」

「当たり前だ。こっちはもう婚約時代から何年もずっと我慢してたんだ。……もう、待ってはやれん」

思わぬ真剣な表情で返されたその言葉の意味を理解した私は、赤く染まっているであろう顔を

レイモンドの胸元に埋《うず》めると、そのままレイモンドによって二人の寝室へと連行され、幸せな夜を過ごすのだった――。

こうして、これまで犬猿の仲と言われるほど顔を合わせれば喧嘩ばかりしていた少年少女は、今では理想の夫婦とまで言われるほど仲睦まじい夫婦となった。

国王となったレイモンドは、何事も自分の耳で聞き、自分の目で見て行動する賢王と呼ばれるようになり、私達は互いを支え合いながら国を少しずつ豊かにしていった。

私達は時に喧嘩をしながらも、たくさんの子どもに恵まれ、いつまでも幸せに暮らしたのだった――。

今私の生きる世界。

私にとっての現実。

どんな世界でも、どこの誰であっても、時には試練が訪れるし、その度に迷ったり、落ち込んだり、怒ったり、どうにもならなくなって立ち止まるんだろう。

それでも、明けない夜なんてない。

だからきっと、大丈夫――。

8 エピローグ―Side レイモンド―

その日、朝から俺はソワソワと落ち着かないでいた。

今日は俺達が結婚して一年の記念日。

数ヶ月前に父が退位し、俺が国王に、ロザリアが王妃になって、俺達はしばらく忙しい毎日を過ごしていたのだが、今日は時間を無理矢理作ってロザリアと……で、デートだ‼

あまり長い時間、即位したばかりの王と王妃が城を空けるわけにもいかないから遠出はできないが、久しぶりの仕事ではない二人きりの外出。

楽しみでないわけがない。

「よし……‼」

俺は懐にあるものを入れると、鏡に映った自分の緩み切った頬をペチンと叩いて気合を入れ、一人、部屋を出た。


「ロザリア」

俺はエントランスホールでゼルと和やかに談笑する最愛の妻に声をかける。

「レイモンド」

俺の名を口にしながら振り返り、にっこりと微笑むロザリア。天使か。

「すまない、待たせたな」

「いいえ、大丈夫よ。私も今来たところだし」

ゆったりとした膝下丈のカジュアルなドレス、サラサラとした長い髪は高い位置で一つにまとめられ、リボンで飾られている。

可愛いがすぎる……‼

俺の妻が可愛すぎて辛い……‼

「陛下、鼻血ティッシュ、いるっす？」

「いらんわ‼」

ロザリアだけを目に映していたところにいきなり入ってくるなランガル‼

「相変わらず仲がいいわね、あなた達」

くすくすと笑うロザリアに、ランガルが「え、勘弁っす」と心底嫌そうに横目で俺を見る。

「こっちのセリフだ‼　今すぐゼルと代えてやろうか‼」

「私は王妃様の護衛を全《まっと》うしたいので却下です」

「やーいフラれたー」

即答するゼルに、それを茶化すランガル。

こいつ俺を主人だと思ってないだろ絶対。

「くっ……まぁいい。ロザリア、手を」

そう言って俺がロザリアに手を差し出すと、ロザリアは「ありがとう」と言って俺の手に自分のそれを重ねた。

最近ではこの動作も照れることなくできるようになってきたが、彼女の白い手が俺の手に乗った瞬間だけはどうしてもまだ心臓が飛び跳ねてしまう。

きっとこれからもそうなんだろうと、諦めてはいるが……。


二人で馬車に乗り込み準備が整うと、ゆっくりと車輪が回り出し、車窓の景色が動き始めた。

城から城下へと下《くだ》り、メインストリートを一直線に進みながら王都の門に着くまでの間、馬車の外からは俺達に向けてたくさんの声が届けられた。

「ご結婚一周年おめでとうございます‼」

「国王陛下、王妃様、万歳‼」

一つの祝福の声が波紋のように広がり、次第に大きな声となる。

守るべき者達からの祝福の声。

ありがたいものだな。

門を出てすぐのところで、馬車は停車した。

目の前には大きな大きな古びた塔。

そう。新婚旅行の帰り道に立ち寄った、あの塔だ。

どこに行きたいかと尋ねたところ、ロザリアは迷わずここを指定したのだ。

「着いたぞ」

そう言って彼女の手を取り、馬車から降りるのをエスコートする。

すると太陽の下に降り立った彼女が青い顔をしていて、若干気持ち悪そうにしていることに気づいた。

馬車に酔ったか？

「だ、大丈夫か？　少し休むか？」

俺が慌てて彼女の肩に手を回し支えると、ロザリアは手で制してから「大丈夫よ」と笑顔を向けて「行きましょ、高い場所の空気を吸ったら落ち着くわ」と言った。

「わかった。でもあまり無理はするなよ」

俺はゼルとランガルにその場で待機するよう命じると、ロザリアを支えながら、ゆっくりと螺旋階段を上り始めた。

ゆっくりとゆっくりと上っていって、頂上の扉を開けて展望台へ出ると、少しだけ近くなった太陽の光に、二人揃って目を細めた。

「ロザリア、大丈夫か？」

「ええ、ゆっくりだったし、ずっと支えていてくれたから平気」

そう言ってロザリアは大きく深呼吸を繰り返す。

心なしか顔色も落ち着いてきたように見えて、俺は安堵の息をついた。

「……ロザリア」

「？　何？」

俺は破裂しそうなほどに高鳴る胸を右手で押さえ、一度息を整えてからあらためて彼女に向き直った。

「結婚一年、おめでとう。その……色々あったけど、ずっと支えてくれて、俺のそばにいてくれて、本当にありがとう」

そう言って俺は懐から取り出したものをロザリアのうなじに手を回し、素早く取り付けた。

「ん。すごく似合うよ」

ロザリアの鎖骨の真ん中に光る、ロザリアの花をモチーフにした銀細工のネックレス。

思った通り彼女によく似合う。

「これ……」

「俺が作った」

「レイモンドが!?」

「あぁ。仕事の合間を縫ってな」

ロザリアに気づかれないようにするのは大変だった。

何しろ、あの事件以来執務室を同じにした俺達は、プライベートな時間だけでなく、執務中も基本同じ部屋で過ごしているからな。個別で公務に出ている時や、ロザリアがお茶会などでいない時、そして時には母上に協力を仰ぎ、ロザリアを連れ出してもらっている間にちまちまと城下の工房に出向き、職人に教えてもらいながら作ったのだ。

「どうしても、お前にネックレスをプレゼントしたかった。その……初めてお前にあげたネックレスの話――【聖女関連遺恨日記】に書いてあったやつだけどさ、ネックレスをつけたお前が可愛すぎて、素直に褒めることすらできなくて、酷いこと言っただろう？　あらためてあれを読んで、絶対にもう一度お前にネックレスをプレゼントしたいって思ってたんだ。そしてできれば、それは自分で作りたかった。今までの気持ち、全部込めて……」

「レイモンド……」

あの時もあの時で、言った後でものすごい後悔に押しつぶされたものだが、俺は後悔をそのままにしてここまできてしまった。

そしてお仕置きとして【聖女関連遺恨日記】を読んで、あらためて後悔の念が襲ってきた。

後悔を後悔のままにしてはいけない。

それじゃ前と全く変わらないから。

だから結婚から一年というこの節目に、彼女へのプレゼントにしようと考えたのだ。

「レイモンド……。ありがとう……‼　すごく……すごく嬉しい……‼」

瞳にキラキラと光る涙を溜めながら、俺に向けられたロザリアの笑顔。

くっ……眩しい……‼

うちの妻が可愛すぎて尊死する……‼

「気に入ってもらえたなら、頑張った甲斐があったよ」

俺は心の中で暴走しつつある自分を押し殺してから、平静を装い余裕の笑みで返す。

たまにはかっこいい俺を見せておきたい。

「素敵なプレゼント、ありがとう。……あのね？　私も、レイモンドにプレゼント、というか、なんていうか……サプライズがあるの」

サプライズ？

何だ？

ま、まさかまた離縁しましょうとか言わないよな⁉

今いい雰囲気だったよな⁉

「あのね？」

「ま、待って――」

「ここに、いるの。三ヶ月ですって」

「……は？」

俺の手を取り、自分の腹にピッタリとくっつけるロザリア。

ここに……いる？

三……ヶ月？

その意味をしっかりと理解するのに、しばらく俺の中で情報処理が行われた。俺の時を止め、そして「あなたと、私の子よ」と頬を染めて微笑むロザリアに、俺の装っていた平静はぶち壊された。

「⁉　ろ……ろざ……ろ……ほ、本当に？」

俺の言葉に笑顔で頷くロザリア。

あぁもうかっこ良く決めたままにしたかったのに……。

無理だろ、こんなん。

俺は震える手で、腹の中で命を芽吹かせた子どもごと、最愛の妻を抱き寄せた。

「ありがとう……‼　ずっと、大切にする……‼　お前と、お腹の子を……‼　ずっと守ってみせるから……‼」

「ええ、お願いね。――お父様？」

父……俺が……。

何だかくすぐったいような、それでいて温かくて、心地いい響きだ。

「そうとわかったら――」

「ふぁっ⁉」

可愛らしい声を上げて俺に横抱きに抱き上げられるロザリア。

「降りるぞ」

「えぇっ⁉　ちょ、私歩けるわよ⁉」

「だめだ。俺が抱えて降りる」

妊娠初期には気持ち悪くなりやすいと聞いたことがある。

青い顔をしていたのはそのせいだったんだな。

やっぱりさっきも抱きかかえていけば良かった。

「れ、レイモンド？　私本当に――んっ……⁉」

言い終わる前に、俺の顔のすぐそばでまだ拒否する愛らしい唇を自分のそれで塞いだ。

いくらロザリアの言葉でも、今は譲れない。

「だめだ。……今ぐらい、言うこと聞いてくれよ？　可愛い奥さん」

愛しい気持ちを前面に押し出せば、たちまちロザリアの顔は真っ赤に色づき、大人しく俺の胸に顔を埋めたのを確認してから、俺は彼女を抱いたまま塔を降りていった。

まだまだ俺は未熟者だと思う。

これからもっとたくさんの経験を積んで、その積み重ねが俺を作っていく。

時には後悔をしながら、そこから学び、強くならねばならない。

だけど、ロザリアと歩んでいくこの道は、絶対に後悔はしない。後悔をさせない。

大切な宝物達を、俺はしっかりとこの手で守っていこう。

この先も、ずっと――……。

温もりと二つ分の命の重みを両腕に感じながら、俺はゆっくりと塔を降りていくのだった――。


～END～

novel スピラ

聖女不在による仮初め婚なのに、不器用な王太子に溺愛されています

発行日 2023年8月17日　第1刷発行

著者　景華

イラスト　福田深

編集　濱中香織（株式会社imago）

装丁　おおの蛍（ムシカゴグラフィクス）

発行人　梅木読子

発行所　ファンギルド
〒160-0022 東京都新宿区新宿2-19-1ビッグス新宿ビル5F
TEL 050-3823-2233　https://funguild.jp/

発売元　日販アイ・ピー・エス株式会社
〒113-0034 東京都文京区湯島1-3-4
TEL 03-5802-1859 / FAX 03-5802-1891
https://www.nippan-ips.co.jp/

印刷所　三晃印刷株式会社

　ISBN 978-4-910617-13-8　Printed in Japan